ALPHAPOLIS
WEB CITY SINCE 2000

鑑定や亜空間倉庫がチートと言われてるけど、それだけで異世界は生きていけるのか 3

ALPHA LIGHT

はがき
Hagaki

JN116018

アルファライト文庫

登場人物紹介
CHARACTER
ヨシト＝サカザキ
本編の主人公。ある日突然、目が覚《さ》めたら異世界にいた。ややスケベ。
リモア
自称ヴァンパイア。双剣を使い、圧倒的な実力を持つ。
シマ
魔獣《まじゅう》ホワイトフェンリル。なぜかヨシトとアリサに懐《なつ》いている。

モーラ
元『桜花乱舞』のメンバー。人族と巨人族のハーフ。
メイ
元『桜花乱舞』のメンバー。エルフで元シスター。
アリサ
元『桜花乱舞』のメンバー。前世はヨシトの幼《おさな》馴染《なじみ》だった。
メリッサ
犬人族のポーター。ヨシトとパーティーを組む。

目次

第一章　ヨシト、エルフを知る

俺――ヨシト＝サカザキは、体にある紋章《もんしょう》の謎《なぞ》を探るため、四姫桜《しきざくら》のみんなとは別れ、シマとともにフェル王国の首都フェイダーを目指していた。

途中で立ち寄ったケーンズ王国の王都にいた、御者《ぎょしゃ》のダンズに方位磁針《ほういじしん》を買うと同時に、道を聞いているので問題ない。

方位磁針の棒の色の付いてないほうの、左に少しずれた向きを進め、と。

つまり、フェル王国は南にある。

今更《いまさら》ながら、この世界の単位や時間、太陽や月の動きなどは地球と同じだった。いや、厳密《げんみつ》に同じかはわからないものの、感覚的には同じに思える。

今は昼過ぎ。少し方向の補正《ほせい》をして、南を目指して歩く。

道中では、やはり魔物が出た。

だが、多分俺は魔物に慣れたのだろう、亜空間倉庫と剣で難《なん》なく倒すことができた。

それと、オークに初めて遭遇《そうぐう》した。オークは、かろうじて人型ではあったが、コボルトの豚《ぶた》バージョンと表現した方がいい姿だった。人間の頭の部分に豚《ぶた》の頭が乗っているのだ。手も、豚《ぶた》の蹄《ひづめ》と親指の三本だった。読んできたラノべとはずいぶん違う。

オークは力が強そうだったので、亜空間倉庫で輪切《わぎ》りにした。死体は放置しようと思ったが、ほっとけば狼などを呼び寄せそうだし、燃やすのも手間だ。フェイダーの冒険者ギルドに売ることにして、亜空間倉庫に収納した。

夜になり、木が少ない場所を見つけた。周囲の丈《たけ》の低い木や草をミスリルの剣で刈《か》り取り、空《あ》き地を作る。

そして、テントを張る。

その後に風呂を沸《わ》かした。

この七日間、まともに野営ができる場所がなく風呂に入れていないから、まずはさっぱりしたかった。

ふいに地面が揺《ゆ》れる。

「ん？　地震か？　まあ、地震くらいあるか」

風呂の魅力《みりょく》の前ではどうでもいいことだった。

——実はこの地震が、アリサとメリッサの喧嘩《けんか》によるものだと後になって知ることとなる。たかが喧嘩《けんか》で地震まで起こすとは……

俺はゆっくりと五右衛門風呂《ごえもんぶろ》に浸《つ》かる。

「あ゛あ゛あぁぁぁぁ」

湯がこぼれ、炭になった火種にかかり煙《けむり》が上がる。

「……最高だ」

しみじみそう思う。

俺は思っていた。なぜラノベの主人公は異世界に行きたがるくせに、日本のものを求めるのかと。バカなんじゃないかと。そんなに日本の食い物、日本の施設、日本の文化が好きなら、異世界になんて行くなよと。

だが、馬鹿は俺だった。

「体に染《し》みついたものは、そんな簡単には消えないんだな」

体を拭《ふ》き、予備の服に着替え、シャカシャカジャージを木の実の洗剤で洗い、木の枝に干《ほ》す。

テーブルや椅子《いす》を展開し、飯を炊《た》いて、ここで取れたオークは使わずに、買っておいた鶏肉《とりにく》のような肉を出す。これを焼いて焼き目がついたら、醤油《しょうゆ》、砂糖《さとう》、水を入れて照《て》りが出るまでさらに焼いていく。鶏の照り焼きだ。

これを切ってご飯に載《の》せ——

「そーれは、我慢《がまん》できないよ！」

「おわあああああ！」

急にどこからかアニメ声みたいな女の声が聞こえた。俺は全く警戒《けいかい》していなかったので、すっとんきょうな声を出してしまった。だが一緒にいるシマは、頭上の一点を険《けわ》しい顔で睨《にら》みつけつつ、牙を剥《む》き出しにして唸《うな》り声を上げている。

（珍《めずら》しい……シマが戦闘態勢？）

普段、戦う素振《そぶ》りも見せず、昼行燈《ひるあんどん》のようなシマが、明らかな警戒を見せている。俺がシマの視線の先に目をやると、そこには女が浮いていた。

身長はアリサよりも小さく見える。胸はかなり慎《つつ》ましい。お尻《しり》はプリっとしてるが大きくはない。一言で言えば幼女だ。

髪は藤色で背中まで伸《の》ばし、背中には小さなコウモリの羽のようなものが生《は》えている。

服は……衣類というのか、これは。モーラよりひどい。

極端《きょくたん》に布地が少ないビキニの黒ブラと、ローライズも真《ま》っ青《さお》、局所《きょくしょ》しか隠《かく》れてないようなビキニの黒パンツを穿《は》いている。今時、グラビアアイドルでも着なそうな水着だ。

足には真っ黒な、膝《ひざ》までの長さのブーツを履《は》いていて、狙《ねら》ってる感が凄《すさ》まじい。

そんな女が突然現れた。だが、俺はそれを知っている。

「サキュバス……」

「ちっがうよ！　リモアはヴァンパイアだよっ！」

「いやいやいや、まんまじゃねーか。サキュバス以外ないだろ。実は、この世界ではサキュバスはヴァンパイアって呼ぶとかだろ」

「だから違うって！　ヴァ・ン・パ・イ・ア！」

サキュバスは、指を一本立て、ボタンを押すように、言葉に合わせてその指を動かす。

『ヴヴゥゥゥゥ』

シマは、いきなり現れたロリサキュバスもどきに威嚇《いかく》するが、ロリサキュバスは相手にしなかった。

そしてロリサキュバスは、外見に似つかわしくない薄暗い笑《え》みを浮かべて、シマに向けて口を開いた。

「Њј г з и л н д ч о м б、Ђ Ж к и о м н д и о」

（まさかあんたがここにいるなんて、さすがに予想外だったよ）

「なんだって?」

ロリサキュバスは全く意味がわからない言葉を発した。しかも狼のシマに対してだ。だが、俺が真に度肝《どぎも》を抜かれたのは、次の瞬間だった。

『Љ е п и љ ш ч л н х у、Џ ц ф д л р ш ђ м б и м н в ц』

（龍神王の手先が何用だ、失敗の後始末を付けに来たか）

「は？　はあ⁉」

喋《しゃべ》った。確かにシマが喋《しゃべ》った。

元々人族の言葉を理解している節《ふし》は見せていたが、言葉を発することはなかった。今回は意味不明ではあるが、はっきりと言語を口にした。

俺が放心している間にも、ロリサキュバスとシマの会話は続く。

「Пкгнуифлххкс、Љчфмвичдкцкм」

（そうとも言えるかもしれないし、違うとも言えるね）

『ШД、Икфјицллк、Екцђжжфкјзо』

（去れ、さもなくばその細首、噛《か》み砕《くだ》いてやる）

「Афффф！　Ѕпшчдјкфодјујувлсмд⁉」

（あははは！　そんな力の出がらしみたいな獣《けもの》の体でリモアを殺すつもり⁉）

ロリサキュバスは見た目相応の笑い声を上げたかと思うと、目をすうっと細めて、殺気を放ちはじめる。

シマはそれに反応しようとするも、ロリサキュバスはまるで瞬間移動のような速度でシマの鼻先まで近づくと、頭を掴《つか》んで地面に叩《たた》きつけた。

『ギャン！』

「亜空間倉庫‼」

俺が輪切りにしようと亜空間倉庫を展開するも、ロリサキュバスはまたもや瞬間移動のようにその場から消えて、これを避《さ》けた。

「……くそっ、最近こんなんばっかだな」

「ちょっとぉ～、危《あぶ》ないじゃないっ♪」

「黙《だま》れ、サキュバス」

「んもう、ヴァンパイアだってばっ！」

「うるせえ」

「それに、リモアは戦いに来たんじゃないよ」

ロリサキュバスは一瞬で、俺と唇《くちびる》が触《ふ》れ合いそうな距離《きょり》にまで近づいてきた。

「ほらっ、殺《や》るならもうとっくに殺《や》ってるから」

「……」

俺はびっくりする間もなく、自分の首に痛みがあることに気づく。背中から冷や汗が一気に噴《ふ》き出す。

幼女のようなロリサキュバスの左手が、俺の喉《のど》を突いていたのだ。

(全く見えない……。こ、これは無理だ……)

確かに、これでは命を握《にぎ》られているようなものだ。

『ウォン！』

頭を上げて俺の状況を見たシマは、ロリサキュバスに飛びかかる。だが、ロリサキュバスはまたもや避けた。そして、自身の指についた俺の血をペロリと舐《な》めると、大きく目を見開いた。

だがそれは一瞬だけで、すぐさまシマにまたおかしな言語で話しかける。

「Окгзкмфилкххил。Имвфзичћанвгилнбхуок？」

（あんたとも今は敵対するつもりはない。それに目的はこちらと同じはずじゃない？）

『……Фмлђаљшлмбхулк？』

（……迷宮最深部《さいしんぶ》まで連《つ》れていくつもりか？）

「Ер。Сплмвхолбгфилашшљмх？ Шлбфјмччмггк？」

（そう。それに今のこいつじゃ最下層にたどり着けないよ？　わかってるわよね？）

『……』

「あー、その、なんだ。なんの話してんだよ。俺にもわかるように話せよ」

俺が間に入るも、完全にスルーされて話は続く。

「Љпјгфгјлчмххил。Аплјгѕолн

гун」

（そんな半端《はんぱ》な分身体のあんたじゃ無理。だからリモアが連れてってあげる）

『Жнвјпбфдуочкнбн』

（信用できるわけがない）

「Аффф、Ашчбгу？　Хлнгфуомнвгокнпшст。Икбцгпкднкн。……Шњмнлнвдриднл？」

（あははは っ、あんたばかぁ？　殺すのが目的なら今ここで殺してるってば。それに他に選択肢ないじゃん。……時間ないんじゃないの？）

『……』

「あのよ、だからわかるように話せっての。無視すんじゃねえよ」

　俺がイラっとした顔でロリサキュバスを見ると、ロリサキュバスとシマが同時にこちらを向いた。

「……な、なんだよ」

　するとシマは黙ってゆっくりと歩き出し、俺の足元まで来ると、そのままうずくまった。まるで、ロリサキュバスを容認したかのように。

「あはっ！　決まりだねっ！　リモアはリモア！　これからよろしくねっ！」

「はあ？　どういうことだよ。おい、シマ。おい」

訳のわからないことを言い出したロリサキュバスに困惑し、足元のシマに説明を求める。しかし、シマは自分の仕事はもう終わったと言わんばかりに微動《びどう》だにしない。ムカッとしてシマの頭をペシペシ叩《たた》くも、尻尾《しっぽ》であしらわれた。

「くそっ、どうなってやがる」

ロリサキュバスは俺の鶏照り焼き丼をガン見している。思わずため息が漏《も》れる。

「……はあ…………食うか？」

「ほんとっ！　気になってたんだっ！　いっただっきまぁ～す！」

椅子をもう一つ出すと、ロリサキュバスはふわふわと飛んで近寄り、そこに座った。俺はサキュバスの前に丼とスプーンを出してやる。

ロリサキュバスは勢いよく鶏照り焼き丼を食べ出した。

（なんだかなあ、もう。だけど異世界らしいって言えばそうとも言えるか？　争《あらそ》うつもりはないって言うし、まあ、なんとかなんだろ。でも、一応？　…………鑑定《かんてい》）

【ヴァンパイア・リモア】
オリハルコン級ФПКⅠβ
詳細不明

俺はワインを注ごうと手にしていたコップを思わず落としてしまった。

（……オリハルコン級って……ミスリルまでじゃねーのかよ。でも本当にヴァンパイアだ。魔物の種別が文字化けみたいになっててわからねー。けど、人間ならステータスやスキル、名前とかの詳細が出るから、魔物なのは間違いないな）

「はむっ、はむっ、はむっ、んぐっ……んんん！」

ヴァンパイアは飯を掻《か》き込みすぎて、喉《のど》に詰《つ》まらせた。

（ガキかよ……）

俺は、サキュバス改めヴァンパイアに、コップの水を出してやる。

俺もワインを注ぎ直して飲む。

「……説明する気はあるんだろうな？」

飯に夢中なロリヴァンパイアに問うも、彼女もシマも答えてはくれなかった。

「……ったく、やってらんねえぜ」

俺はワインを勢いよく呷《あお》った。

その後、食事を終えて落ち着いたリモアに、改めて問いかける。

「で、お前の目的はなんだ？　シマとどういう関係だ？　何語で話してた？　俺はそれを覚えられるのか？」

「そぉんな、いっぱい聞かれても、リモア、まいっちゃうっ！」

「てめえ……」

リモアは両手を自身の頬《ほお》に当て、モジモジと体をくねらせる。その態度にイラッとする。

一方のシマは、さっきまでのイザコザがなかったかのように我関せずといった態度を取っている。

「これから迷宮に行くんでしょ？　リモアが手伝ってあげるっ！」

「はあ？」

俺は足元のシマに目線を落とす。やはり、うずくまったままだ。

ダメだこいつは。もう使い物にならない。

（仕方ねえ、自分で聞き出すか）

「いらねえよ。俺には他にも仲間がいる」

「迷宮はとぉ～っても危ないんだよっ？　死んじゃうよ？」

「死なねえようにゆっくりやるさ」

「人族がどんなにいても無理だってばっ！　ほんっとぉーに、危ないんだからっ！」

「お前に関係ねえだろ。別に何十年かかってもいいんだ。最悪、最下層なんてたどり着かなくても構わないしな」

「それはどうかと思うよっ？　それに、その狼だってそうなったら困るんじゃないかなっ!?」

「あん？」

すると、シマは頭だけを上げて、俺を黙って見つめてきた。

『……』

「……おいシマ。お前の目的は、迷宮の最下層なのか？」

『……』

「話せるんなら話せよ」

『……』

「ちっ、なんなんだよ一体。こいつとは話せて、俺とは無理なのか？　どういうこと？」

だがシマは語らない。目線だけで訴《うった》えてくる。

「ちっ、わぁーったよ！　でも、フェル王国に行くのが先だ」

「あっ、エルフの国だねっ。そんなところに何しにいくの？」

「手紙を届けに行く。それと俺の紋章について調《しら》べてるんだ。これがなんなのか、な」

俺は首筋を見せる。すると、リモアはスッと目を細めた。

「ふ～～ん、知らないんだ。そんなのリモアに聞けばいいのにっ」

「……は？」

意味がわからない。

「だからっ！　リモアが教えてあげるってっ！」

「はあああ⁉」

　俺はテーブルに手をつき、立ち上がる。

「不滅の龍の紋章《エターナルマザーエムブレム》のことが知りたいんでしょ？」

　リモアは、さも当たり前のように言う。

「……なんだって？」

「だ・か・ら・っ！　エターナルマザー――」

「待て待てマテ待て」

　俺は右の手のひらをリモアに向け、話を遮《さえぎ》る。

「エターナル？　龍の紋章《マザーエムブレム》じゃないのか？」

「ううん、それは、不滅の龍の紋章《エターナルマザーエムブレム》だよっ」

「なんだよその、相手は死ぬみたいな名前は……」

「何言ってるの？」

「いや、いいんだよ……。俺のは普通の紋章と違うのか？」

　リモアは腰に両手を当てて、

「そうだよ、それは母なる意思を継《つ》ぐ本物の龍の紋章《マザーエムブレム》だよっ！　どう？　リモア偉《えら》いっ⁉

物知りでしょっ！」

「…………」

（おいおい……まだ聖女神教会の情報も把握《はあく》しきれてないのに、どんどん設定を盛《も》るんじゃねーよ。つうかそんなことを知ってるって、お前何者だよ）

「ち、ちなみにお前、歳はいくつだ？」

リモアはまた考え込んでから、ニパッと笑う。

「ん〜〜、わかんない！　リモア、魔物になったのは初めてだからっ」

「は？」

「あっ！」

リモアはわざとらしく、右の手のひらを広げて「言っちゃった！」という仕草をする。

それから両手を前に突き出し、手首を振る。

「今のなしっ！　なしだからねっ！」

「…………」

（なんだこいつ。ガキみたいだったり、暗殺者みたいな顔をしたり、それでいて見た目はロリヴァンパイア？　つうか、魔物だよな？）

「あー、とりあえず、エターナルがつくやつとつかないやつの違いを教えてくれ」

リモアの話はこうだった――

昔、母なる龍《マザードラゴン》がいた。

母なる龍《マザードラゴン》は世界の調和を願い、自身の体を三十三個に砕《くだ》いた。

そして、砕《くだ》いた体を力に変え、世界にばらまいた。

それが龍の紋章《マザーエムブレム》だ。

龍の紋章《マザーエムブレム》が宿ったものには、宿主の素質に合わせた大きな力が与えられる。

紋章ごとに力が決まっているのではなく、紋章を宿した者に合わせて力が決まるのだ。

失われた秘術を使うと、他人の紋章を奪《うば》い取ることもできるらしい。

紋章を持つ者が死ぬと、紋章は消えてまたどこかの誰かに宿る。

——という感じだ。

「うんと、俺の幼馴染《おさななじみ》は龍の神様みたいなやつに、龍の紋章《マザーエムブレム》を三つ貰《もら》ってるんだが？」

「あっ、それあなたのだねっ」

「……俺の？」

「うんっ、龍神王様があなたから奪って、別の異世界人につけたって言《ゆ》ってたから」

「はいいぃ!?」

「あっ！　また言《ゆ》っちゃった！」

「…………」

（どうなっていやがる……。俺から奪ってアリサにつけた？　つうか、龍神王って言ったか？　……こいつ、龍神王の手先なのか？）

リモアは、吹けない口笛《くちぶえ》をヒューヒューと鳴らして、そっぽを向く。

「……なら次だ。俺のエターナルなんちゃらはなんなんだ？」

「それはねえ、詳《くわ》しくはわかってないのっ。でも、母なる龍様《マザードラゴン》の意思が宿ってるって言われてるみたいっ」

「あー、その龍神王ってやつでもわからないのか？」

リモアは首をコテンとかしげる。

「あれっ？　なんであなたは龍神王様を知ってるの？」

「知らねえよ、今お前が言ったんじゃねえか」

「あれっ？　そうだっけ？」

「そうだよ、で、その龍神王も知らないのか？」

「うんっ、あーもしかしたら知ってるかも。リモア、わかんないっ」

「そっか」

（こいつバカだな。これなら、いくら強くても扱《あつか》いやすい、なんとかなりそうだ。しかし、疑問が減《へ》ってても減ってもどんどん増えやがる……。とはいえ、少しずつ進んではいるな。こいつの雰囲気《ふんいき》からすると、引っ張れるのはこのくらいか。言わないこともあるくさいし）

「まあいい。で、本当についてくるのか？」

「もっちろん！」

「なんでだよ、お前に利点がないだろ？　何が目的だ？」

リモアはニマァと口を横に広げる。

「んふふ～～、それがあるんだなあ～」

「……なんだ？」

リモアは椅子の座面に立ち、指を立てながら言う。

「一つ！　あなたのご飯美味《おい》しいから！　もっと食べてみたいっ！　二つ！　あなたの血が美味《おい》しいから！　リモア、ヴァンパイアだしっ！　三つ！　あなた、すぐ死ぬし！　守ってあげないと！」

「そんだけ？　……ぶっちゃけ、お前のことをまだ信用したわけじゃないんだが？」

「ぶぅ～。リモアって呼んで！」

「……リモア、俺はお前と行動したいと思うほど信用してない」

「でも迷宮行くんだよねっ？　なら、リモアがいた方がいいと思うなぁ～」

「いや、俺たちは自分で――」

「ムリムリ～～っ！　絶対ムリだよっ⁉　百階層までは、ほんっとーに大変なんだからっ！」

「ん？　百階層が最後なのか？」

「そうだよっ！　迷宮の下層は魔物が本っっ当に強いんだよっ！　リモアだって危ないく

らいっ」

「マジかよ……」

（オリハルコン級、しかも、モーラたちが強いと確信しているシマでさえまったく歯が立たないリモアが負ける？　そんなかよ……戦力はあったほうが安心か？）

「………本当についてくるのか？」

「しっつこぉ～い！」

リモアは両手を腰に当てて、薄い胸を張る。

「あっ、血はちょうだいねっ♪」

「……血はどのくらい必要なんだ？」

「ん～～っ、七日でこのコップ一杯でいいよっ」

（献血《けんけつ》程度だな）

「最後に。リモアが一緒に来るなら、何か俺が安心できる材料が欲しい。いきなり現れていきなりシマと戦って、しまいには一緒に来ると言われても、信用しきれねえよ」

「むぅ～」

リモアは頬《ほお》をぷくりと膨《ふく》らませると、また腰に手を当てて胸を張った。

「仕方ないなあ！　じゃあ、契約《コントラクト》してあげるよっ！」

「契約？」

「あなたは、リモアにご飯と血をくれる。それとずっと一緒にいる。リモアはあなたを手伝う、外敵から守る。これで契約しよっ！」

「……それは絶対なのか？」

　リモアの目がキラリと光る。

「うんっ！　契約は絶対だよっ！　契約違反はお互いの死に繋《つな》がるから。契約内容通りねっ！」

（本当に契約が絶対なら、身の安全の保証になる。まさかこれが嘘《うそ》の契約ってことはないだろう。そんなことする必要がないくらい、簡単に俺を殺せるんだから……。契約までするならアリだな）

「……わかった、契約しよう」

「あなた、名前は？」

「ヨシト＝サカザキだ」

「わかったっ！」

　リモアは俺の前まで来て目をつむり、両手を前に出す。するとそこに三十センチほどの魔法陣が出現した。

　リモアは透《す》き通るような、しかし小さい声で詠唱《えいしょう》を始める。

《我、ヨシト＝サカザキと契約する》

《汝《なんじ》、血と食の盟約《めいやく》を結《むす》ぶ者なり》
《汝《なんじ》、離《はな》るることなかれ》
《我は汝《なんじ》を外敵から護《まも》る者なり》
リモアはゆっくりと目を開ける。
何も言わないが、魔法陣に手を当てればいいのだろうか。
俺はゆっくりとリモアの両手に合わせるように、魔法陣に手のひらを当てる。すると、魔法陣が光を放った。
《今、双方の合意のもと、成立せり》
「契約！」
体に何かが流れる感覚があった後、魔法陣が消え去った。

◇

夜の見張りは完全に必要なくなった。

元々魔物が接近すれば、シマが確実に教えてくれていたのだが、リモアは敵が近づけば俺が視認《しにん》する前に倒してくれる。そもそも、リモアがいるとほとんどの魔物が近づかないらしい。

鉄級はもちろんのこと、銅級、銀級あたりは、百パーセント近づいてこないらしい。便利だ。

普通、強い魔物の方が知能が高く、相手の力量を察知したりして、近づいてこなそうなものだが、リモアはかなり気配を抑《おさ》えているらしく、金級からしたら同等ぐらいに感じるそうだ。

「じゃっ、さっそくっ、血をもらうねっ！」

テントに入り、俺がベッドに座ると、リモアはそう言った。

それはいい、契約したんだから。ただ唐突《とうとつ》だったので面食《めんく》らってしまう。

「……本当に吸うんだな……」

そして、ニヤニヤと嬉《うれ》しそうな顔をする。

「んふふ～～、楽しみっ！」

「コップ一杯分だろうな？」

「大丈夫だって！」

「こえーんだよ！」

「くどすぎぃ～。殺すつもりはないって言ってるでしょ⁉　契約もしたもん」

「……わかったよ……」

俺がもたもたしてると、リモアは子供が待ちきれないときのように、両手をグーにして自身の胸の前でブンブンと振る。

「ほらっ、早くっ！　さっきちょっと舐《な》めたとき、ちょ～～～～美味《おい》しかったのっ！」

「なんだよ、ちょ～～って……」

俺は観念して、上着《うわぎ》の首回りを手で広げた。

「んふふ～～」

リモアが、ベッドに腰かける俺の腿《もも》にまたがって座る。向かい合う形になったわけだ。

リモアは見た目は可愛《かわい》らしく、扇情的《せんじょうてき》な格好をしているが、俺はロリコンではないので反応することはない。これがモーラあたりならちょっとヤバイかもしれないけどな。

「……」

「じゃっ、いっただっきま～～すっ！　かぷっ！」

リモアは小さな口で俺の首に噛《か》みついてくる。

「あっ」

俺は小さな声を出して、気を失った。

◇

翌朝目覚《めざ》めると、俺はベッドに寝ていた。

隣《となり》では幼女が黒のビキニ姿で大の字になり、可愛《かわい》い寝息を立てている。テントの中の床を見ると、シマもまるまって寝ていた。

「……本当に魔物は寄ってこないんだな……」

今までの経験から、シマの察知能力の高さは知っている。そのシマがここまで安心しているならば、リモアが言っていたことは真実なのだろう。

ふと、俺は首に手を当てる。

歯形のような傷はなさそうだ。リモアが消したのだろうか。しかし、コップ一杯と言ったくせに、俺は気を失った。まあこれといって体調に変化はない。本当に問題ないくらいの量だったのだろう。

テントから出て、食事の準備をする。

朝だからおにぎりと味噌汁《みそしる》だ。

「……んぅ……おはよう………」

リモアが起きてきて、眠《ねむ》そうな目を擦《こす》りながらテーブルにつく。

「まんまガキだな」

大体、ヴァンパイアって夜寝るのかよ。そんで朝起きるとか、どんな設定だと問い詰めたい。

リモアは黙っておにぎりを食べ、味噌汁を飲んだ。

「なあ、リモア。お前、十字架とかにんにくとか大丈夫なの？」

「んぅ？　だ～いじょ～ぶ……」

まだ寝ぼけているらしい。

いらないかまどや椅子、風呂セットなどを片づけて、出発の準備をする。

テントを収納するころには、やっとリモアも調子が戻ってきた。

「よしっ、じゃっ、行こっか！」

「はいはい」

俺たちは南に向かって歩き出した。

◇

フェル王国に向かって歩いているが、一切の魔物と遭遇しない。安全は安全なのだが、
リモアがどの程度の戦闘力なのか、この目で確認をしたかったのに、それができない。

「なあ、言いたいことはあるが、まずは歩いてくれねーか？」

リモアは俺の隣を飛んでいるのだ。

「え～～～っ、チョーめんどいっ」

「コギャルか、お前は……」

時代を感じさせる単語を出しても、リモアはまったく意に介さずに飛び続ける。

「フェル王国に行ったときに、お前が魔物だとバレると面倒なんだが」

「そーんなの全部っ、ぶっ――あーエルフか～、仕方ないなあ」

リモアはぶつぶつ言いながら、地上に降りて歩き出した。

「それとさ、魔物が出ないとちょっと困るんだが」

「ん？　なんでっ」

リモアは首をかしげて、俺を見上げる。

「リモアがどのくらい戦えるのか見たかったんだよ」

だが、リモアは意味がわからないという顔をする。

「食べるの？」

「いや、食いはしないが」

「食べないのに殺すの？　あとで食べるの？」

単純な言葉のやり取りだが、何か不穏《ふおん》な壁《かべ》を感じる。

俺が言葉に詰まっていると、リモアが問いを投げかけてくる。

「何のために殺すの？」

リモアの表情は、純真《じゅんしん》な子供のようにまっすぐだ。

「どうしてリンゴが赤いのか」と子供に聞かれているような気持ちになる。

「あ、いや――」

「魔物も人間を殺すよ？　食べるためにねっ。自分の命を繋ぐ行為だよねっ？　ヨシトは今、何のために殺したいの？」

「…………」

はっきり言って衝撃《しょうげき》である。

異世界に来てから感覚がおかしくなってしまったのだろうか。なんの躊躇《ちゅうちょ》もなく、生物を殺せと俺は言い、リモアはまるで博愛《はくあい》主義者みたいなことを言う。

（これ、ひょっとしたら、魔物と人間の感覚の違いだからで済ませていい問題じゃない気がする。リモアの問いに対して答えられない自分がいる）

魔物に襲《おそ》われてるわけでもない。むしろ襲ってこないのだから諸手《もろて》を挙《あ》げて喜ぶところだ。だが、俺は今、魔物を呼び寄せて殺そうと考えていた。

（恐ろしい……俺はどうしたんだ……）

リモアは何も追及《ついきゅう》せずに、俺を推《お》し測《はか》るようにじっと見つめていた。

俺たちは急に口数が少なくなってしまった。

いや、俺が喋《しゃべ》れなくなった。

昼間のリモアの問いかけが、楔《くさび》のように俺の心に刺さっている。

夕飯を作り、テントを広げ、眠りにつく。

今日は吸血もない。

シマはもちろんだが、二人ともほぼ無言で一緒にベッドに入った。

俺はあまりに考えごとに没頭《ぼっとう》していて、そのときは気づかなかった。

リモアが一日中俺の顔を見ていたことに。

◇

徒歩《とほ》で移動を始めて三日目だ。順調に旅は進む。

俺の胸中以外は。

夕方になるくらいだろうか、簡単な柵《さく》で囲まれた村らしきものが見えてきた。

普通に村に入ろうとすると――

「何しに来た」

入り口にエルフの男が立っていた。ブロンドの髪のほっそりしたイケメンだ。腰には剣を差している。

「あっ、俺はケーンズから旅をしていて、今日はここで泊めてもらえないかと思ったんですが」

「人族を泊める家はない。帰れ」

怒鳴《どな》りつけられたりはしてないが、とりつく島がない感じだ。

ふと隣で動いているものが視界に入った。そちらを見ると、リモアがエルフに対し、俺の顔を指でさし示している。

そして、俺のけつを押して、背中を向けさせる。

「なっ！！！！！　まさか！！！」

突然、エルフは大声を上げた。

「し、しばし待たれよ！」

そう言うと、風のように走っていった。どうやらメイがそうだったように、エルフは紋章を持つ者を勇者として扱うことを、リモアは利用したようだ。

俺はリモアをジト目で睨《にら》む。

「それ、やっちゃう?」

「このほうが早いじゃんっ！」

「つうか、なんでそんなことまで知ってんだよ…………ほんとに魔物かよ」

「い～～じゃん！　リモアがいるんだから、ヨシトは安全だしっ！」

「ほんとかよ、ったく」

　すると、大勢のエルフが押し寄せてきた。中央には年老《としお》いたエルフがいる。

　その年寄り以外の村人全員が、俺の前に来るなり、片ヒザをついて頭を下げた。

「勇者様、遠路《えんろ》はるばるお越《こ》しいただき、ありがとうございます」

　と言ってから、年寄りも頭を下げる。

「いや、勘弁《かんべん》してよ。泊まりたかっただけだし。……ほら、頭を上げて」

　エルフ全員の頭を上げさせた。

（すげー効果だな。さすが勇者ってか？　まあ、ドン引きだが）

「ありがとうございます。本日はささやかながら、勇者様をおもてなしさせていただきます」

「いやいや、なんもしてないから。……つうか、迷惑《めいわく》なら野宿で大丈夫だし」

「とんでもない！！！」

　年寄りは年に似合わない大声を上げる。

「我々にお任《まか》せください。ささっ、どうぞ中へ」

　ニヤニヤしているリモアを見下《みお》ろしながら、俺は気まずいまま村に入っていく。

　幸いなことに、リモアの楔《くさび》を今だけは忘れることができた。

◇

「勇者様、失礼を承知《しょうち》でお願いいたします。皆に紋章のご威光《いこう》を施《ほどこ》してはくださらぬでしょうか」

「……」

村の中に招《まね》き入れられ、俺とシマ、リモアは歓待《かんたい》を兼《か》ねて宴会を開いてもらったのだが、始まってそうそうにこれである。

俺は軽くため息をつき、仕方なく首筋をみんなに見せた。

「「「「おおおおおおおお！！」」」」

盛大《せいだい》な歓声が上がる。

ぶつぶつと何かをつぶやいたり、手を合わせたり、中には拝《おが》むやつまで出る始末。

（つうか、メイの方がましなんじゃねーか？　これがモノホンの聖龍教か……。あー、やりづれえ）

俺は半分自棄《やけ》になった。

「あー、無礼講《ぶれいこう》で頼む。男も女も無礼講だ！　君、ちょっと来て」

俺は年寄りの隣に座っている若い男を呼ぶ。彼は俺が声をかける前からガチガチに緊張《きんちょう》していた。

「は、はい！」

怯《おび》えるように近づいてきた彼を、俺の前に座らせる。

「いいか？　俺の真似《まね》をしろ？　わかるな？」

「は、はい！」

いくらなんでも、ビビりすぎじゃなかろうか。俺はこの男の肩に右手を置く。

「……真似《まね》して」

「え？」

「真似《まね》して」

「む、無理です！」

まるで俺が脅《おど》しているようだ。

「やらなきゃ帰る。真似《まね》して」

ブルブルと震え上がるエルフの男に、年寄りが指示を出す。

「お真似《まね》しなさい」

「ですが……」

「お真似《まね》しなさい」

「は、はい……」

お真似《まね》しなさいなんて言葉はねーよって突《つ》っ込《こ》みたいところだが、話が進まないからここは我慢だ。

男は俺の肩におずおずと手を置く。

俺はエルフの肩に置いた手を持ち上げてから、ポンポンと振り下ろす。

「真似《まね》」

「はい！」

男もビビりながらも真似《まね》をする。

そのあと、俺はあえて下品な声を出した。

「おい！　人族！　飲んでるか⁉　ほら飲めよ！　飲み足りねーだろ！　……さんはい」

「お、おい！　ひ、ひと、ひと、できません！」

だがここで、俺はビビる男に追い討《う》ちをかける。

「できねーじゃねえ！　やるんだ！　お前の村をお前が救え！」

意味不明な発破《はっぱ》をかけると、男はビビりながらも瞳に力が入る。

「お、おい！　ひと、ひ、勇者様！　飲んでるか！　俺の酒を飲め！」

男はやりきった。清々《すがすが》しい顔をしている。

俺はニヤリと笑う。

「やりゃあ、できるじゃねーか」

「あっ、ありがとうございます！！！」

男は涙を流す。号泣《ごうきゅう》だ。俺は大声を張り上げる。

「これが勇者のもてなし方だっ！　みんなっ！　飲み、騒《さわ》げえええええ！！！」

「「「「おおおおおおお！」」」」

全員が笑顔になり、立ち上がった。

「これ、これだよ、リモア」

「まったく意味がわからなぁ～い」

「弱いな、突っ込みが」

俺は酒を呷《あお》った。シマは呆《あき》れたような冷たい目線で俺をチラリと見ると、皿に注がれた酒をペロペロと飲みはじめた。

――だが俺は気づかなければいけなかった。軽はずみな行動はしてはいけないと。こいつらは普通じゃないのだと。

なぜなら、若い男とのやりとりが終わった後、まったく同じセリフで俺の肩を叩《たた》くエルフが五百人も列をなしたからだ。

彼らは俺の行動を、そのように解釈《かいしゃく》してしまったのだ。

◇

「か、肩が……」

「リモア、知～～～っらないっ！」

俺は脱臼《だっきゅう》するんじゃないかってくらい肩を叩《たた》かれ、そして俺の酒が飲めねえのかと絡《から》まれ続けた。日本で同じことをしようものなら、パワハラで訴えられるぞ？　いや、始めたのは俺だけど。

文化の違いは恐ろしい。

しみじみ思う。

「メイのほうが楽だわ……。帰ったら優《やさ》しくしてやろ」

あっ、ちなみにあの年寄りは村長だった。

クソすぎる大宴会が終わり、朝になって、村長にフェル王国に行くと言うと、ヒポグリフ便があると言う。

空を飛んでいけば、夕方には首都に着くそうだ。

むしろ飛ばないと着かないって、本当に遠いと改めて感じた。

「まあ、この村もフェル王国だから、ダンズは嘘は言ってないしな」

村長がヒポグリフを連れてきた。

でかい。体の大きさは馬と同等。前半身は鷲《わし》、後半身は馬の生物だ。

そのヒポグリフに、御者《ぎょしゃ》のエルフ、俺が乗り、間にリモアを押し込める。さすがにシマは乗れないのでどうしようかと考えていたら、シマと話していたリモアが、シマは地上を走ってついてくると言っていると教えてくれた。

準備が終わり、いよいよ大空へと飛び立つ。

「おおお！　……おおおおおおおお！」

空に舞い上がって驚いていると、南に巨大な木が立っているのが見えた。

森の木々のさらに上、そんなもんじゃない。東京タワーどころじゃない、雲を突き抜ける勢いの大きさの木だ。

「キノコ雲みたいな形の大木だな……」

「あれは世界樹ですよ」と、御者《ぎょしゃ》が教えてくれた。

ヒポグリフは巨大な木、世界樹に向かってまっすぐ飛んでいく。

◇

世界樹は近づけば近づくほど、どんどん大きく見えてくる。

「直径どんなもんなんだよ……」

大きすぎて、目算ではわからない。

世界樹を端《はし》から端まで見るのに、首を大きく動かさないといけなくなったころ、ヒポグリフは降下しはじめた。

ここが、フェル王国の首都、フェイダーだ。

世界樹を中心に街が栄《さか》え、その根っこのように建物が広がっている。

ケーンズ王国の王都みたいな巨大な城壁《じょうへき》はなく、城も見えない。パッと見、二、三階建ての建物がほとんどで、それ以上はないようだ。それと、全ての建物が木造建築である。だが、造《つく》りはなかなかしっかりしてそうだ。すると、ログハウス風の家もある。

俺たちは、首都の入り口に降り立った。すると、先にたどり着いていたのか、シマが右の森から出てきた。早すぎるだろ。

シマが合流したあと、門番たちに視線を向けると、彼らは俺を睨《にら》んでいた。

それを見たヒポグリフの御者《ぎょしゃ》が、余計なことを言おうとする。

「ひかえおろーーーーう！！　こちらにおわすお方――」

俺は御者《ぎょしゃ》の口を塞《ふさ》いだ。突っ込みがいない。だが、今俺がそれをするわけにはいかない。

俺は御者《ぎょしゃ》の耳元でささやく。

「もう大丈夫だ、お前は帰れ」

「し、しかし」

「しかしもたかしもねーんだよ。あとは俺に任せろ」

突っ込みがいない。御者《ぎょしゃ》は渋々《しぶしぶ》という顔でうなずいた。

「わかりました。我らナスキス村は、勇者様をいつでも歓迎いたします！」

「わかったから！　早く帰れ！」

「はっ！」

御者《ぎょしゃ》は俺に敬礼《けいれい》した。

（それでバレるだろうが！）

ヒポグリフは飛び去っていった。

残るのは、俺、リモア、シマ、不審《ふしん》な目で俺を見る門番が六人。

「…………」

「「「「「「…………」」」」」」

先行き不安である。

「あー」

「お前、何者だ？」

「デスヨネー」

手遅れであった。

俺たちは門番の詰所《つめしょ》に連れていかれた。リモアには絶対に余計なことを言うなと釘《くぎ》を刺しておく。

「お前は人族なのか？」

「あっ、はい。人族の旅人です。聖龍教に興味がありまして」

「……ほう？　なかなか感心な人族だ」

「あっ、はい。えーと、メイ＝ホースニールってエルフさんに、聖龍教を教えてもらって」

「なにっ？　ホースニール家の客人か？」

（え？　メイ、もしかしていいとこのお嬢様《じょうさま》？）

「客人ってほどじゃないです。でも、手紙を届ける依頼を受けてるんですよ」

「聖女様のか。聖女様はお元気なのか？」

「……お知り合いですか？」

「いや、知り合いではないが、フェイダーにいる者なら誰もが聖女様を知っているだろう」

（あったなー、そんな設定。そう言えば、メイは聖女と呼ばれてたんだっけ。誰だったかな？　そんなこと言ってたの。アリサか？）

「お前の身分を証明するものはあるのか？」

「あっ、はい。これを」

俺はギルドタグと証明板を出す。

門番はそれを見ると、目を大きくした。

「お前、プラチナのポーターかっ！！」

「あー、そうなりますね」

「私は初めて見たぞ。なるほど、なかなかの者を聖女様は従《したが》えておるようだ」

「…………」

（やっぱあいつに優しくするのはやめよう……）

「わかった。通るがいい。これを胸のわかるところにつけよ」

「これは？」

緑色の布のワッペンだ。他に特徴《とくちょう》はない。

「それをつけた人族は、守衛《しゅえい》に正式に認められた者だ。フェイダーで過ごしやすくなるだろう」

「おお」

俺とリモアの分、二枚もらった。

ふと、リモアがおとなしいことに気づいた。いつからだろうか。少し気になったが、今は放置することにした。

「ホースニール家はわかるか？　よければ案内させるぞ？」

俺は少し迷《まよ》ったが、どのみち手紙を届けるのだからと、門番に案内をお願いすることにした。

「お願いします。いくらかかりますか？」

門番は顔をしかめた。

「バカ者。ホースニール家に案内するのに金など取れるか。何も気にするな」

「ありがとうございます」

ケーンズ王国の王都にあった聖女神教会の総本山とは、えらい違いだ。あそこはなんでも金金金だった。

聖職者までそれである。ある意味やりやすいのだが。


俺は門番に連れられて、木造建築の建《た》ち並ぶ街を歩く。

歩いている者のうち、九十五パーセントがエルフ。残りの五パーセントが、緑ワッペンの獣人だった。

やはり城がない。もしくは低くてわからない。

近くで見ると壁にしか見えない世界樹がある。

それ以外は、ほぼ人族の街と変わらない。

俺は人族だけあって、かなりの視線を向けられる。だが、緑ワッペンに気づくと、みんな気にしなくなる。このワッペンは偉大《いだい》だ。

飯屋や雑貨屋、宿屋もある。

(何も変わらないじゃねーか。メイめ、何が自然とともに生きるだよ。普通の生活をして

るくせに）

だが、そんな予想に反して、歩くにつれて徐々に農地が見えはじめる。

しかも、それは段々と数が増え、規模も大きくなり……

（普通逆じゃね？　なぜ街の中心部なのに農地が？）

正面《しょうめん》に白い家が見えてきた。近づいてみると、やはり木造ではあったが、ペンキか何かが塗《ぬ》られているようだ。

「ここがホースニール家の屋敷だ」

「ああ、ありがとうございます。助かりました」

「取り次《つ》ぎがなくて平気か？」

意外と気配《きくば》りができる。俺が人族なのを気にしてくれているのだろう。

「いえ、これがあるので」

俺はワッペンをピラッと見せる。

「そうか。なら、さらばだ」

「どうも」

門番は去っていった。

俺はリモアのほうを向く。

「リモア、大丈夫か？　疲れたか？　緊張してるのか？」

リモアは、目を大きくした。

「いっがい！　そういう気遣《きづか》いできるんだっ？」

「失敬《しっけい》な。できるぞ？」

リモアはニパッと笑った。

「大丈夫っ、リモア、おとなしくしてるねっ」

「……お、おお」

いやありがたいのだが。付き合いは短いが、なんだからしくない。

だが、とりあえずは普通に会話してくれたので、リモアの言う通り、気にしないことにする。

ホースニール家の敷地《しきち》は、農地は別なのか庭がなく、屋敷だけが低い木の柵《さく》で囲われていた。建物は二階建てで、日本で言ったら豪邸《ごうてい》の部類に入るほど大きい。だが、ケーンズ王国の王都では、これぐらいの屋敷ならたくさんあった。

俺は柵《さく》の門を開け、玄関まで進む。

——コンコン。

一分ほど待っていたら、ドアは開いた。

現れたおっさん、いや若そうに見える男は、俺たちを見て眉をひそめつつも、緑ワッペンに気づいたためか、口を開く気にはなったようだ。

「ここをホースニール伯爵家《はくしゃくけ》と知っていて、やって来たのか？」

俺はポーターの証明板を提示しながら答える。

「はい、メイ、メイ＝ホースニールからの手紙を預かってきました」

男はじろじろと訝《いぶか》しげに俺を見る。上から下まで舐《な》めるように。

「ふん、黒ずくめの怪《あや》しいやつめ。手紙を寄越《よこ》せ」

「あっ、はい」

聖女神教会の失敗もある。ここがほぼメイの家とわかっていることから、信用して手紙を渡すことにした。

俺は亜空間倉庫から手紙を出し、男に渡す。

「……何をしているさっさと去れ」

「あっ、はい」

手紙を渡して呆《ほう》けていると、そんなことを言われた。

俺とリモアは、来た道を戻りはじめる。

リモアが手を繋いできた。

「だっから、不滅の龍の紋章《エターナルマザーエムブレム》を見せちゃえば、早いのにっ」

「……いや、これでいいよ。また無限肩タタキはごめんだ」

正直《しょうじき》、今日はメイの家に泊めてもらえると思っていた。あてが外《はず》れたようだ。

（勇者扱いされたいわけじゃないけど、これはこれで、なんか……釈然《しゃくぜん》としない）

「ヨシトのそのこだわり、わっかんない！」

手を繋ぎながら歩き、リモアは俺を見上げてくる。

「俺が言うのもなんだが、ヨシトって呼び捨てはやめてくれないか」

「なんでっ？」

「……なんか、変な気分になる。ほらっ、俺たちの関係って、そういうのじゃないだろ？」

「ふ～～ん、じゃあなんて呼ぶ？」

リモアは見上げながら、首をかしげる。

「マスターとか？」

リモアは目をカッと見開いた。

「え～～っ！　もしかして、リモアのマスターになったつもりなのっ！」

「え？　あれ？　だって契約……」

俺はラノベの知識から、魔物との契約と言えば獣魔《じゅうま》のようなつもりでいた。当然俺が主人として。

リモアはトコトコと俺の前まで歩いてきて、頬《ほお》を膨《ふく》らませ腰に手を当てて、少しお尻《しり》をつきだして前屈《まえかが》みになる。

「なんでリモアがチョーーーーーっ弱っちいやつのシモベなのよっ！　普通逆じゃない？」

「いやいや、契約は？」

「契約内容を思い出してっ！」

「えっと……」

ヨシトは――

血を与える。

食事を与える。

離れない。

リモアは――

外敵から守護《しゅご》する。

「……あら？」

「そうでしょっ！　シモべになるなんて契約にないよっ！　よくても対等、強さから言ってもリモアがご主人様よっ！」

リモアは、ない胸を張る。

（え？　やらかした？　待て……外敵から守る？　って？　それだけ？　なら、外敵じゃないリモアは俺を殺せる……のか？　……え？　まさか）

今さら気づいた。

みんなも契約するときは、契約書をよく読もう！

だが、俺はそれを口に出して確認しない。そうだと言われてしまったら、本当に主従が確定してしまう気がする。

「……わ、わかった。俺も与える、リモアも与える。対等だな」

「そうよっ！」

リモアはぷいっと背中を向けたが、トコトコとまた俺の隣に来た。それを合図にまた歩き出す。

（これは……また俺やらかしたのか？　ただ血を吸われるだけで、リモア自身からは安全になってないってことにならないか？　……とりあえずは契約しちまったんだから、リモアを信じよう。外敵からは守ってくれるわけだし。あー…………）

そこへ後ろから「おーい、おーい」と声がした。

「勇者様ああああああ！」

立ち止まって振り向くと、一人の男が、顔をボコボコにされた別の男を引きずるようにして走ってくる。

俺とリモアが見ていることに気づいた男は、飛んだ。

男は空中で丸まっていく。

そして俺たちの前に、ズザザザアアア！　と膝から着地して、頭を地面にこすりつける。

ジャンピング土下座《どげざ》だ。

ボコボコにされた男も土下座男の隣に並び、一緒に土下座する。

「も～～～～っしわけありません！　申し訳ありません！！！　どうか、ひらにご容赦《ようしゃ》を！！！！」

「俺、ジャンピング土下座なんて初めて見たよ……」

「リモア、感想言ってる場合じゃないと思うな。立たせてあげてよ……」

リモアの目は慈悲《じひ》に溢《あふ》れていた。

もしかしたら、芸術的な土下座に感動したのかもしれない。

「あー、立って。つうか、どなた？」

想像はできてるけど。

男二人は土下座したまま、ピクリとも頭を上げずに叫《さけ》び続ける。

「はっ！！　私めは、このクソ田舎《いなか》で生意気《なまいき》にも貴族なんてしてしまっている、メダーラ＝ホースニールという愚鈍《ぐどん》エルフでございます‼」

「どんだけ自虐《じぎゃく》的なんだよ……」

「この度《たび》は私の使用人が、とても失礼なことを！！！」

メダーラは土下座姿勢のまま、体をぶるっとさせる。

「ああ～～！　考えただけでも恐ろしい！！！　本来であれば使用人ともども斬首《ざんしゅ》は必《ひつ》定《じょう》！！！　ですが、申し訳ありません！　どうかご慈悲《じひ》を‼　私めにはまだ幼い娘がおります！！！　どうか、どうか、娘が成人するまでは！　ご猶予《ゆうよ》をいただけないでしょうか！！！！」

　メダーラは一切頭を上げない。それどころか、身震い以外は微塵《みじん》も動いていない。

「あっ、メイの妹？」

「さようでございます！！！　あの愚娘の妹にあたります！　どうか、ご慈悲《じひ》を！」

「わかったから立って」

「どうか‼」

　話にならない。

「あー、ごめんね。メダーラ、命令だ。立て」

「はっ！！！！」

　メダーラはどうやって立ち上がったのかわからないくらい素早く直立不動になった。

　軍隊でもこんなにピシッとした直立不動はできないんじゃなかろうか。

　まだ使用人は土下座体勢だ。

「あー、そっちの方も立って……」

　使用人はガタガタ震えている。

　すると、メダーラは怒鳴《どな》りつけた。

「一度で立たんかああああ！　バカ者がああああ！」

「は、はいぃぃぃぃぃぃぃ！」

使用人も立ち上がった。ボコボコにされた使用人の顔はさっきまでのイケメンの面影《おもかげ》が消え、もう人とは思えない。ルービッ◯キューブのようだ。超人になったか。

（方向性は違うが、確かにこれはメイの親父だな。振りきってはいけない方向に振りきれてやがる。まさに血筋だな）

「……これはやりすぎじゃないか？」

俺が使用人の顔を見てそう言うと――

「むしろ足《た》りません!!　まだ顔の原型が残っております！　ほら、ここに！」

メダーラは使用人の顔の、唯一腫《は》れていない右の頬骨《ほおぼね》あたりを指差す。

「二センチぐらいしかねーじゃねーか！」

「いえ、まだ――」

メダーラがさらに使用人を殴《なぐ》りそうになるので、俺が止める。

「わかった！　わかったから！　とりあえず話せるところに行くか。疲れるわ」

「はっ!!　猫の額《ひたい》ほどしかないボロ屋ですが、我《わ》が家にお越しください！　猫の飯のような粗末《そまつ》なものですが、おもてなしをさせていただきます！」

「自虐がすぎて、嫌みになってるから……」

俺はメイの血統は、どこまでいっても疲れると改めて思い、メダーラについていった。

「申し訳ありません！！！　どうしてもすぐには側女《そばめ》を揃《そろ》えられませんでした！！！　……はっ、そうです！　私めをお使いください‼　齢《よわい》三百になりましたが、主人にはまだ若々しいと言っていただいてます！　具合も二人産んだとは思えないと！　貧《ひん》相《そう》なものですがどうかご賞味《しょうみ》ください！！！」

メイの母親が、俺の顔を見るなり、こう訴えた……

「……俺、もう帰りたい……」

「さすがのリモアもドン引きだよ……」

メイの血筋は最低だった。

メイは確かにこの親から生まれた子供だと十分に納得できる。

むしろ、メイの方がましだ。

これは既《すで》に変人の域に入ってる。

ここからまともに会話ができるようになるまで、二時間かかった。

どうやってなだめたかは省略《しょうりゃく》する。くだらなすぎるからだ。

「そうですか、メイは元気ですか」

「この切り替えの落差にも親子を感じるな……」

今は居間のようなところで、二対の豪華《ごうか》なソファーに、メダーラ夫妻と俺、リモアに分かれて座って、お茶を飲んでいる。

「メイの手紙にはなんて書いてあったんだ？」

もう敬語で話す気にはなれない。

「はい。世界に調停をもたらす素晴らしい夫を見つけた。ホースニール家の全てをかけてもてなすように、と書かれておりました」

「重い、重いよ。メイっぽいわ……」

奥様が俺に話しかける。

「メイはうまくやれてるのでしょうか？」

「ああ、メイには助けられてるよ」

「もったいないお言葉。ありがとうございます」

都合のいい言葉しか聞いてないところなんてそっくりだ。

やっぱ親子だな。

「して、勇者様。此度《こたび》はどのような目的でいらっしゃったのでしょうか？　よろしければこのメダーラにお手伝いをさせていただける栄光をもらえますでしょうか？」

「その前に、紋章を確認しなくていいのか？」

俺が軽くそう言うと、夫妻は身を乗り出して声を合わせてきた。

「「よろしいのですか⁉」」

「お、おう……」

引きながらも首筋を見せる。

俺は後ろを向いているので、夫妻の姿は見えてないが、予想していた反応がない。むしろ全く言葉が聞こえてこない。

気になって、少しだけ振り返ってみると……

メダーラは気を失っており、奥様は口をあんぐり、目は落ちそうなほど開き、滝《たき》のような涙を流していた。

(見せなきゃよかった……。話が進まねえ……)


復活するまでまたしばらく時間がかかった。それからほどなくして、食事ができたと使用人が知らせてきたので、みんなで食堂に移動した。

食事はまるで精進《しょうじん》料理のようだった。まずくはないんだが、なんか味気《あじけ》ない。肉も角煮のようなものが一つあるだけだ。

「申し訳ありません。我らは普段あまり肉を食しませんので。人族は毎食肉を必要とすると聞いておりますが、ご用意する時間がなくて」

「あー、大丈夫だ」

食事を再開する。

「で、だ。今回の俺の目的は、聖女神教会と聖龍教の教会を回ることだ。紋章の話や歴史なんかを聞きたくてね」

「聖女神教会にはもう行かれたのですか？」

「ああ。だけど、片方からしか聞かないってのは、情報が片寄るからな。できれば両方の話を聞いてみたい」

「なるほど、さすが調停者様だ」

夫妻はうんうんとうなずく。

「その調停者ってなんだ？」

奥様が口を開こうとしたメダーラを止める。

「あなた、ダメですよ？　勇者様はわざわざここまでいらっしゃったのです。聖龍教の話が聞きたいならメイでも充分なはず。でも、ここにいらしたということは、メイでは不十分と思ったからでしょう。ならば先入観《せんにゅうかん》なしに、世界樹へご案内するのがよいでしょう」

「なるほど、そうだな。勇者様、明日このメダーラめが世界樹にご案内いたします」

（奥様はなかなか切れるな。冒頭のイッチャッテル感じとこのまともな面をあわせ持つところ、本当にメイみたいだ）

そのあとは、メイの現在の状況や、俺とどのような仲なのかといった雑談で終わった。

寝室はリモアと分けられたが、リモアは勝手にこっちに来た。

しばらくすると、メダーラの奥様が、リモアと背格好が同じくらいの女の子と一緒に、シースルーのネグリジェを着てやってきたので、丁重《ていちょう》にお帰りいただいた。直後にメダーラも来て「うちの嫁《よめ》と娘ではダメでしょうか?」とか言いやがる。

人妻は対象外ってわけじゃないが、旦那《だんな》を前にしてやるとかどんだけ達人なんだよと言いたい。

リモアは笑っていた。

◇

朝食をもらい、奥様とメイの妹に見送られながら、メダーラとともに世界樹に向かった。

聖龍教の教会は街にも点在しているが、聖龍教の生き字引と言われる長老が世界樹の麓《ふもと》にいるらしい。その人から話を聞くのが一番ということになり、そこに向かっている。

二時間くらいほぼ農地の中を歩いた。

世界樹に近づくにつれて農地が増えるのは、世界樹の恵みにより、作物の育ちが早いからだそうだ。

一番近い場所だと、普通の三倍も早いらしい。

たどり着いた場所は、世界樹をくりぬいて作られた扉だった。

麓《ふもと》というより世界樹の中だな。

中に入り、メダーラがシスターの格好をした女に話を通す。するとシスターは下がったが、神官らしき男がおりてきて、なにやら揉《も》めている。

ちなみに、メダーラには俺が勇者とは絶対言うなと言ってある。

しばらくメダーラと神官の言い争いを眺《なが》めていると、奥の階段から女がおりてきた。年は三十代くらいか？　金髪を床に引きずるほど伸ばしていて、起伏《きふく》の少ない体に、髪と同じくらい長いローブを着ている。

女は神官になにやら言うと、俺の方に来た。

「ようこそお越しくださいました、勇者様」

「……わかるのか？」

「はい、私《わたくし》を視《み》てください」

「？」

（視て？　鑑定か？）


【ガラテア】

名前：ガラテア
年齢：1020／性別：女／種族：ハイエルフ／レベル：1
称号：観察者
STR：E／VIT：E／DEX：E／AGI：E／INT：E／MEN：E
スキル：回復魔法（レベル1）／弓術（レベル1）／杖術（レベル1）／真実の目
種族スキル：森林歩行／祈り

【真実の目】
全てのものを見透《みとお》す
鑑定系最上位

（おおおおおお！　鑑定系最上位！　……って、やっぱり、俺の鑑定はユニークじゃないんだな。これがユニークなんだろう。これで俺を見たから、俺が鑑定持ちとわかったと）

「私の部屋に案内します」

「わかった」

「ヨシト様、私はこれで失礼します。帰りにまた寄ってください」

「わかった、メダーラ」

ガラテアはリモアを見つめている。

「そちらのお嬢さんも一緒にどうぞ。それと、フェンリル様も」

ガラテアはニコッと笑って、リモアとシマを誘う。そういえば、シマはホワイトフェンリルなんていう、大層な名前を持ったやつだったな。

（リモアが魔物だとわかってるよな？　それなのに誘うのか？　……ガラテアは俺の知る中で一番弱いぞ？　スラムの子供だってオールEはいなかった。それが、オリハルコン級の魔物を呼ぶのか？　……怖《こわ》くないのか？）

リモアは黙ってうなずいた。心なしか緊張しているように見える。

螺旋《らせん》階段を三階まであがると、そこは住家みたいになっていた。置いてある調度品が、女の子の部屋って感じだ。

部屋の中心にある、丸いテーブルと椅子に俺たちは座り、シマは俺の足元で丸くなる。

ガラテアが会話を始めた。

「先に聖女神教会に行きましたか？」

「はい、総本山って場所、聖女神教の聖女と話しました」

「そうですか。テレサとお話しになったのですね」

「……知り合いですか？」

意外だった。敵対関係だと思っていたのに、両方のお偉いさんが知り合い同士とは。

「知り合いというほどではございませんが、私もこの年なので」

ガラテアはゆっくりと、少しだけ首を傾《かたむ》けながら微笑《ほほえ》む。

「そういえば、紋章はどこにあるのですか？」

「私は背中にございます」

「なるほど」

「勇者様、どこまでお聞きになったか、聞いてもよろしいですか？」

「いいですよ」

なんとなく雰囲気《ふんいき》からか、無条件で信用してしまっている。

俺はシスターテレサとの会話と迷宮の約束まで話した。

「わかりました。では、私は昔話をいたしましょう」

俺は黙って話を聞いた。

◇

遥《はる》か昔、この世界の龍を統《す》べる母なる龍《マザードラゴン》がおりました。母なる龍《マザードラゴン》は調停者、いえ調節者、、とも言えるかもしれません。

世界に人族が増えれば人族を滅《ほろ》ぼし、亜人が増えれば亜人を駆逐《くちく》する。もちろん魔物が増えれば魔物を減らすために人類に力を貸す。

時に、全てが順調に増えれば、自分の力を厄災《やくさい》として無情に振り撒《ま》く。

そんな存在がおりました。

ですが母なる龍《マザードラゴン》も定命の呪縛《じゅばく》に縛《しば》られるもの。やがて調節者は消え去ります。

そこで母なる龍《マザードラゴン》は、自身の力を継承《けいしょう》する存在を探しました。

ですが、人族や亜人の心は移り変わりやすいもの。自分の子である龍も、魔物としての本能に流されたり、亜人贔屓《びいき》になりやすかったりと、後を任せるのは心許《こころもと》ない。

母なる龍《マザードラゴン》は考えました。ならば、自身の力を作為《さくい》なく分け与えれば、一時の片寄りはあるかもしれないが、均衡《きんこう》は保てるだろうと。

そして、三十三個に自身の力を分け、世界にばら撒《ま》きました。

それから長い月日が流れました。

ついにバランスが崩《くず》れ、亜人と魔物によって、人族は滅亡《めつぼう》の危機に晒《さら》されました。

そこに、ある一人の人族の女性が現れます。名をラステル、終焉《しゅうえん》の名を持つ者です。ラステルも、この世界に迷い込んだ異世界の人族でした。

ラステルは膨大《ぼうだい》な魔力を持ち、魔法の素質もありました。様々な魔法や紋章を扱う秘術を開発し、人族を絶滅《ぜつめつ》の危機から救いました。ですが、ラステル、いえ人族の心からは、復讐《ふくしゅう》の火が消えませんでした。大切な者の命を奪った魔物に、亜人に復讐を。

ラステルは召喚術《しょうかんじゅつ》を開発し、自身が以前住んでいた異世界から人族の男を呼び寄せます。そしてその異世界人に、紋章《チート》を与えたのです。彼女は、龍の紋章《マザーエムブレム》を奪い、人に与える術《すべ》まで得ていたのでした。

やがて彼は『勇者』と呼ばれるようになりました。

そして人族は世界の覇権《はけん》を握ります。魔物は食料として駆逐《くちく》され、亜人は人類扱いされずに、ひどい迫害《はくがい》を受けました。

それを、母なる龍《マザードラゴン》の教えに基《もと》づき傍観《ぼうかん》していた龍は、ついに立ち上がりました。人族を滅ぼすために。亜人と魔物の調和の取れた世界を作るために。

龍を統《す》べる龍王は、ラステルの魔法を盗《ぬす》み、人族を召喚して紋章を与えました。召喚された異世界人は、愛する亜人のために戦いました。やがてその異世界人も、亜人から勇者と讃《たた》えられるようになります。

戦いは熾烈《しれつ》を極《きわ》めました。情勢は均衡を保っておりましたが、もし双方もしくはどちらかの勇者が倒れれば、一気に傾いてしまいます。

そこで勇者様同士は相談し、戦いをやめることにしました。しかし、そうするには双方の王――龍王とラステルを説得しなければなりません。

当時の龍王は、勇者様の言葉に耳を傾けました。ですが、憎《にく》しみに染《そ》まりきってしまっていたラステル、既に人族から女神と崇《あが》められていた彼女は、勇者様の言葉を聞き入れませんでした。

龍王は調停者の末裔《まつえい》です。均衡がとれた今こそ戦争をやめるしかない。龍王は勇者様二人を説得し、人族には被害を出さずにラステルだけを滅ぼすことにしました。世界の平和を守るために。

ラステルは強かった。あまりにも強すぎたのです。

龍王は迷宮を創造し、なんとか勇者様二人と一緒に、そこに女神ラステルを封印することに成功しました。

勇者様二人は手を取り合い、二度とこんなことはやめるのだと、人族も亜人も人類だと、提唱《ていしょう》なさいました。

そして、長い時間をかけて、今の世の中ができ上がったのです。

◇

「これが私が知っている、聖龍教に口伝《くでん》として残っている伝承《でんしょう》です」

「なるほど……」

嘘か本当かはわからない。だが、今まで集めた情報と矛盾《むじゅん》は生じない。

おそらく、これが真実なのだろう。

「何点か質問いいですか?」

「どうぞ、勇者様。いえ、調停者の意思を継ぐ者よ」

「……」

俺は小声で問う。

「これ、リモアが怖くないのですか?」

すると、ガラテアが真剣な顔で答える。

「そのお嬢さんを絶対に手放してはなりません」

「……え? ……あ、ああ……は?」

理解が追いつかない。多分ガラテアは『真実の目』を持っているから、リモアがヴァンパイアだということを知っているはず。だが「手放すな」? 契約があるから離れることはないけど、普通、魔物を手放すなって言うか?

俺はリモアを見るが、そのリモアはまっすぐガラテアを見ている。まるで何かを見透《みす》かすかのように。

「それは、聖龍教はさっきの話の龍王を信仰してるから、魔物と亜人を守ろうとしているということですか?」

ガラテアはゆっくり首を横に振る。リモアはずっとガラテアを見つめていた。

「私には今はこれ以上言えません。もし聖女神教、いえ聖龍教や世界と相容《あいい》れなくなったとしても、そのお嬢さんの信を得るのです。それが必ず勇者様の力になります」

「は、はあ」

リモアをもう一度見ると、リモアは微笑《ほほえ》みを浮かべてガラテアを見ている。「よしよし」とでも言いたそうだ。

（なんだ、こいつらデキてるのか？）

俺は二人の顔を見て、追及しても無駄だと悟《さと》った。頭をポリポリかいて、次に移る。

「あー、じゃあそれはもういいです。次、どうしてさっきの昔話を広めないのですか？」

ガラテアも、真剣というほどきつい表情ではなくなった。

「広まらないのです。人族——聖女神教会は、亜人に滅ぼされかけた事実のみを伝えます。亜人は人族に虐《しいた》げられた過去を忘れません」

「話を聞くと、人族が悪いと言ってるように聞こえましたが？」

「調停者であるあなたがそう言うならそうでしょう。ですが、私にはラステル——女神の憎しみもわかります。調停者様は、世界が均衡に至《いた》ったのだから、自身の愛するものが皆殺されたことを全て忘れろと言われたら納得できますか？」

「……」

（それはできないな。戦争が終わっても、自分の愛する人が帰ってくるわけじゃない。でも、それじゃ終わらないじゃねーか）

俺が苦々《にがにが》しい顔をしてると――

「そうです。だから争いはなくならないのです。母なる龍にしか調停者はできなかったのです」

「龍王じゃなく、龍神王がいるって聞きましたが？」

今度はガラテアが困った顔をした。

「当代の龍王は、神を名乗っておりますが、この世界に定命の呪縛《じゅばく》から逃れたものはおりません」

「では、龍神王も女神も神じゃないと。あれ？　女神は封印されているってことは生きているのですか？　死んでいるのですか？」

「わかりません。もしかしたら肉体はとうに命を終えてるかもしれませんが、迷宮が存在している以上、女神は何かしらの形で生きてるでしょう」

「めが――ラステルが死んだら、迷宮は消えるんですか？」

「迷宮がというより、迷宮内に魔物が出なくなります。迷宮の魔物は、ラステルの魔力をエネルギーにしておりますので」

「なるほど……」

俺は一考する。

「でも龍王が神を名乗っても、調停者の一員ですよね？　任せとけばいいのでは？」

「それには一つ問題があります」

「ん？」

「聖龍教では全ての調和をという教義が消えかかっております。自然と、亜人と、魔物で調和は取れる。強欲《ごうよく》な人族は要《い》らないと。そんな思想のもとに人族の選別を始めたら、あなたは黙って受け入れられますか？」

「あー」

（そりゃそうだ。こういう話をしてると、まるで自分は部外者だと思いがちだが、当然当事者だ。そうなれば納得なんてできるわけがない）

「あっ！　わかりました！　要は、龍と女神がいなくなればいいんだ！　自然に任せるのが真理！　ですよね？」

「確かにそうとも言えます。ですが、そうなると人口が爆発的に増えます。特に増えやすい人族が。そのときに迫害が始まらないでしょうか」

「……」

（……こんなのに答えはねーよ！！！　どう転《ころ》ぼうが、どっちにつこうが、誰かが傷つくに決まってる。それともなんだ？　聖龍教は俺に母なる龍《マザードラゴン》の代わりをさせたいのか。大量虐殺《ぎゃくさつ》しろと？　バカなのか？）

「でもさ、今は調和が取れてますよね？　問題ないんじゃないですか？」

「今は魔物が増えかかっています。近い将来スタンピードが起こると、エルフの学者は予想しております」

「……」

（なら殺せば？　……って、それで魔物を駆逐《くちく》すると言えば、意志の疎通《そつう》ができない魔物は好きにしていいのかって言うんだろ!?　くそったれが！）

「いかがいたしますか？　調停者様」

「……」

リモアを見ると、リモアは俺の顔を心配そうに見ている。

（なるほど、最近リモアが大人しかったのはこれかよ。俺がどういう判断を下《くだ》すのか知りたい、と。言ってたもんな、無駄に魔物を殺すのか、とよ……。くそが、ここにいる俺たち三人が人族と亜人と魔物の代表とでも言いたげだな‼）

いつの間にか周囲に武装した神官やシスターがたくさん集まっていて、離れたところからこちらを見守っている。

様々な考えと、よくわからないイライラが頭の中を駆《か》け巡《めぐ》り、俺は……キレた。

「傲慢《ごうまん》だ……、お前ら全員傲慢《ごうまん》だな？」

「「なっ！」」

周囲が一斉にざわつく。

「なんだ、てめえら、えらそうに。ああ？　ガラテアよ、お前は俺をどう誘導するつもりなんだ？」

ガラテアは澄《す》まし顔だ。

「どいつもこいつも、さも自分が世界を操《あやつ》ってるみたいに語りやがって。人間はな、自分の手の届く範囲しかどうにもできねえんだよ。そうだ、母なる龍《マザードラゴン》？　そいつが一番傲慢《ごうまん》だな。そいつがしたり顔で、あれこれしてなければ、違う未来があったんじゃねえか？　調停者なんて必要か？」

俺たちを遠目に取り囲む、周囲の一人が俺を怒鳴《どな》る。

「貴様！　母なる龍様《マザードラゴン》を侮辱《ぶじょく》することは許さぬ‼」

「侮辱《ぶじょく》？　だったらなんだ？　俺を殺すのか？　俺はよええぞ、やってみろ。気に入らないから殺すか、おもしれえよ」

俺を怒鳴《どな》りつけたやつは、俺の勢いに怯《ひる》んだ。

ガラテアが語り出す。

「母なる龍様《マザードラゴン》が調節をしていなければ、もっと早くにこの世界は滅んだかもしれません」

「だからどうした！　なら滅べよ！　それがお前らの大好きな自然の摂理《せつり》だろうがっ！

大体なあ、そいつが余計なことをしなけりゃ、もっと良い未来だったかもしれねえだろ。

要はそいつは、とかげの分際でてめえの思い通りのバランス比じゃねえのが気に入らなかった。ただそれだけの話だろうが」

　俺の紋章が淡《あわ》く光る。リモアは驚愕《きょうがく》の表情で俺の紋章に釘《くぎ》づけになる。

「こんなクソみたいな世界にしたのは、マザーなんちゃらとかいうクソとかげだ」

「暴言《ぼうげん》すぎる！」

「殺せ！　異端者《いたんしゃ》だ！」

「やはり人族は！」

　周囲が殺気立つ。

　ガラテアは続ける。

「ですが、それで亜人が滅んだらなんとします？　滅ばなくてもごく少数でしか生きられなければ」

「だから、お前らの未来予想はおかしいだろうが。なんで絶対に暗い未来しかねーんだよ。そりゃ人族は増えるのが早いからそうなるかもしれない。だが殺し合わなくても生きられるだろ？」

　エルフの騎士が怒鳴《どな》ってくる。

「そんなのはない！」

「現に今あるじゃねえか」

「それは、過去に勇者様が為《な》した偉業《いぎょう》だ！」

「ならてめえもやれよ、勇者も農民も関係ねえだろ。その時代に生きる者が、考えて動くんだよ。なんだてめえは、誰かのせいにしたり、他人に丸投げで文句言うだけかよ、黙ってろ‼」

「ぐっ……」

俺の紋章の光が強くなる。リモアは紋章を見つめ続ける。

ガラテアは言う。

「それは力のある者の言い分です」

「俺にはねえぞ？　やってみるか？　そこの騎士とやりあったら簡単に俺は死ぬぞ？　てめえらが調停なんちゃらとか祭り上げている俺は、簡単に死ぬぞ？　なんだ、お前らが言う調停者の俺は、力がないなら黙ってろか？　笑っちまうな。……いいか？　人族も亜人も魔物も関係ねえ。自分が生きるためにできることをするしかねえんだよ。それが生物の本能だ。そうだ、女神もかわいそうだな、自分の恨《うら》みも晴らせずに一人で閉じ込められてよ。是非《ぜひ》とも解放してやろう」

「貴様あ！」

切りかかって来た騎士を、リモアが無言で突き飛ばした。

俺がリモアを見ると、

「続けて」

と、彼女は言った。

だが、先に口を開いたのはガラテアだ。

「なら女神が憎しみに駆られて、力を振るえばなんとします？　多数の死者が出ますよ？」

「だから？」

ガラテアは、想定してなかった俺の返答に呆気《あっけ》にとられたようだ。

「……え？」

「なら、龍が人族を襲ったら、人族だけを襲ったら？」

「……調停者の末裔《まつえい》はそんなことはいたしません」

「実際にされたぞ？　俺の仲間は殺されかけた。こっちからは何もしてないのに、調停でも食事でもなんでもねえ。ただ殺しに来たぞ？」

「……」

「じゃあ、世界が力を合わせて龍を殺すか？」

「り、龍は巨大な力を持った神です。神の行いを我らは測れません」

俺は笑う。

「ははっ。なら、女神の行いも測れねえな」

「……」

「お前ら気づけよ。お前らも聖女神教も、考え自体が傲慢《ごうまん》なんだよ。所詮《しょせん》人間なんて自分の範囲しか守れねえ。それをてめえらは神のせいにしたり、神は関係ないと言ってみたり。神になった気分で調停やらなんやらって言ってみたり」

「なら、あなたは殺されそうな人がいても、他人だからと無視するのですか？」

「助けたかったら助けろよ。それがお前の範囲なら」

また周囲の誰かが叫《さけ》ぶ。

「憎しみの連鎖《れんさ》が止まらない！」

「なら止まるまでやれ！　止まらないなら全員死ぬまで殺し合え！　別に人類はお前たちだけじゃない。残ったやつが次の時代を作る！」

「貴様は何様だっ！」

「はあ⁉　ヨシト様だが？」

「お前はそんなに偉いのか！」

「お前、聞いてたか？　俺は誰にも命令していない。むしろ龍やら神やら、いや、それをさも高尚《こうしょう》なもののように祭り上げているお前らが一番クソだな」

ガラテアは言う。

「興奮《こうふん》してらっしゃるのでしょう。多少おかしなところを感じますが、言いたいことはわかります。ですが、巨大な力が暴威《ぼうい》を振るったら、現実にあなたはなんとします？」

「簡単だ。俺が気に入らなければ戦うし、俺の範囲で暴《あば》れるならやっぱり戦う。そいつも俺もただの個だ。それしかねえだろ」

「スタンピードのようなものはどうします？」

「魔物だって生き物だろ？　やられまくったらやり返したくなるわな？　負け続けてるから、頭使って、たくさんで来るんじゃねーの？」

「あなたの仲間が死にますよ？」

「なら俺が助けるさ。いいか？　俺が今言ったのは全部当たり前のことだ。こんな当たり前のことをどや顔で、調停者が、バランスがなんて言ってるからおかしくなるんだよ。なるなら調停者じゃなくて観察者になれ！　黙って見ているだけにしろ！　余計なチャチャを入れるな！」

　また俺の紋章が光る。

「力なき者は死ねと？」

「俺には力はねえが生きている。まあ、俺のことはいい。例えば、強いやつが寝る間を惜《お》しんで剣を数万回振ってたとき、弱いやつは何をしていた？　なぜ弱いのがいやなら剣を振らない？」

「耕《たがや》す者も必要です。耕す者は剣を振る時間はありません」

「なら、それが力じゃねーか。剣を振るやつは耕すやつがいなけりゃ飯が食えねえ。持ちつ持たれつじゃねーか」

「でも事実、耕す者は力ある者に勝てません」

「だから、お前は神かってんだよ。それは耕すやつが考えることだろ？　お前はどうしたいんだ？　そんなに耕す者が心配なら、こんなところで座ってねえで、つきっきりでずっと守ってやれよ。動け！　頭だけで考えるな」

俺は立ち上がる。

「よく聞け、こんなとこで座って百万年考えても、答えは出てこねえんだよ。見方が違えば答えも違う。みんな違う生き物なんだからな。正義や悪、正しい正しくないなんて無数にあるんだよ。盗賊《とうぞく》だって仲間から見たら英雄だぞ？　動け、てめえの範囲を理解しろ。とにかく、母なる龍《マザードラゴン》？　そいつが一番クソッタレってことだ」

俺は天井を見上げる。

「出てこい、クソとかげ！　死んでからも余計な置き土産《みやげ》を残しやがって！　何かしたいなら当事者になれ！　ぶん殴《なぐ》ってやるから降りてこい！！！」

俺の紋章は強く光輝く。リモアはやっと見つけたと言わんばかりにそれを見ている。

俺は捨て台詞《ぜりふ》を吐いて聖龍教を出た。本当にクソな気分だ。

リモアは満面の笑みを浮かべていた。彼女の立場だと、亜人と魔物だけのための調和をヨシトに考えてもらえるように導かなければならない。

だが、自分を創造してくれた創造主——龍神王ではない、もっと遥《はる》か昔に自分を作った創造主の気持ちを感じ、体が歓喜《かんき》に震えていた。

◇

聖龍教を出た俺たちは、ズシズシと農地の歩道を進んでいた。

俺はまだイライラしていた。

正直、自分の言いたいことを上手《うま》く言葉にできた自信はない。

だが、ある程度の情報が揃った今、やりたいことができた気がする。

……って、考えている俺の顔を、ニヤニヤしながら見ているやつがいる。

「ど～うだったっ？」

「つうか、お前、なんで嬉しそうなんだ？　お前の立場は魔物だろ？　俺に魔物の味方をさせたいんじゃないのか？」

「ち～がうよっ」

「じゃなんだよ」

「リモアはマスターを見たいだけだよっ」

「……は？」

いきなりマスターになってしまった。

「昨日、お前がそれを否定したはずだが？」

「今はマスターだねっ！」

「……ふーん」

（まあ、いいいか）

俺たちはまだまだ歩く。

「マスターは次はどこに行くの？」

「迷宮に行く」

「なんでっ？　聖女神教会の約束だから？」

「いや、気が変わった」

「ど～いう風に？」

リモアは俺を見上げながらトコトコ歩く。

俺はまっすぐ前を向く。

「女神を解放する」

「……かわいそうだから？」

リモアは不安な顔をする。

「ぶん殴《なぐ》るためだ。いや、別に女神だけじゃねえ。龍神王も一緒だ。一発殴《なぐ》ってやらねーと気がすまねえ……。どいつもこいつも、引きずり出してやる」

「マスターが間違ってて、ひどい結果になっても？」

「知るかよ。俺は神じゃねえ、間違うこともある」

「ふ～～～～～～んっ！」

リモアは今まで見てきた中で一番嬉しそうだ。

彼女はヒヨヒヨと飛び上がり、俺と同じ目線まであがると目の前に来た。

「おい、リモア。飛ぶんじゃねえ」

「じゃあ～～～っ、強くならないとねっ！　ぶっ飛ばすんでしょっ」

「……ああ、そうだな。まあ、俺の力じゃあ――」

「じゃあ、リモアが鍛《きた》えてあげるっ！　リモアに任せて！」

「……」

（急にどうした？　いや、こいつは強いだろうから、ありがたいが……）

チラリと隣を歩くシマを見ると、こいつもなぜか嬉しそうな顔をしていた。まるで『私も鍛えてあげる！』と言わんばかりに、目をキラキラさせている。

「あー、でもよ。言い忘れてたが、レベルがあがっても、なぜだかステータスがなかなかあがらないんだ、俺」

「そんなのあがらなくても、関係なくないっ？　ステータスが剣を振るんじゃないよね？

そんなこと言うの、マスターっぽくないねっ」

「……確かに……」

「それにっ！　マスターの亜空間倉庫の使い方を教えてあげるっ！」

「っ！　はあ⁉　マジか⁉」

「マジマジっ！」

リモアは胸の前で腕をブンブンと振る。胸がないから胸は揺れない。これをモーラがしたら、どれほどの破壊力があるのだろうか。

「できるのか？」

「まっっかせてっ！」

「おう……」

「じゃっ、修行《しゅぎょう》の準備しよっ！　街で買い物ねっ！　リモアの修行は大変なんだからっ！　覚悟してよねっ！」

「わかったよ……」

『ウォン！』

「あ、ああ……シマも頼むな……」

急に乗り気になったのが引っかかるが、望むところだ。やってやる！

つうかシマ、喋《しゃべ》れるなら狼の真似事《まねごと》してんじゃねえよ……

第二章　ヨシト、再会する

あれから一年の月日が流れた。

リモアとシマの修行は、それはそれは辛《つら》いものだった。

いや、そんな言葉で終わらせられるほど生易《なまやさ》しいものではない。地獄《じごく》の方が可愛《かわい》く思えた。

だが、本当にリモアは強かった。

もちろん修行中でも吸血を行《おこな》っていた。

【ヨシト=サカザキ】
名前：ヨシト=サカザキ
年齢：22／性別：男／種族：人族／レベル：52
称号：次元を理解する者
STR：C／VIT：C／DEX：C／AGI：C／INT：B／MEN：C

スキル：双剣術（レベル6）／空間把握術（レベル8）／言語理解／亜空間倉庫EX／完全鑑定／LINKシステム

やはり、俺のステータスは異常なほどあがらなかった。

約二十ほどのレベルアップで、INTとMENが一つずつしか上がってない。

だが、とうとう俺もスキルを覚えた。それはそうでないと困る。スキルは誰しも訓練で覚えるものだから。

双剣術なのは、単純に師匠《ししょう》のリモアが双剣使いだからだ。

こいつ、自分の亜空間倉庫に二メートル近い大剣を二本収納していて、それを両手に一本ずつ持ち、竜巻《たつまき》のように振り回しやがる。

空間把握《はあく》ってのは、名前はすごそうだけど、意外と普通の内容だ。わかりやすく例えると、車の車両感覚みたいなものだ。それのもっと細かなやつと思ってもらえるといい。一言で言えば『間合《まあ》い』か。

LINKシステムは、リモアが百回連続で俺の血だけ吸ったことによって生まれたスキルだ。これは紋章とは関係なく、ヴァンパイアとのリンクが相互《そうご》に高まったことによるものらしい。

効果は、俺の思考がリモアとリンクする。リモアは俺の思考を読み取り、俺が思う通りに動いてくれる。オリハルコン級の魔物が思考の速度で動くなんて、考えただけで恐ろしい。

え？　相互？　血を吸われるだけなら相互ではない？　そうだな、なんでだろうな？　俺もまだ死にたくないから伏《ふ》せておこう。一つ言えることは、やっぱリモアはサキ――げふんげふん。

まあ、一年でこのくらいのスキルを覚えるくらい、きつい修行だった。

それと、シマも相当強かった。さすがにリモアほどではないが、俺ではまだまだ到底太《た》刀《ち》打《う》ちできない。しかし、どうやらシマは、何らかの形で力を制約されているらしく、全力では戦えないという。

これは、シマから直接聞いたのではなく、リモアの通訳で教えてもらったのだが。

一年経《た》った俺の服装は、真っ黒な深いフードのついたマントを身につけ、切れ味に特化した黒いミスリルの剣と、リモアが連れていってくれた遺跡《いせき》で入手した剣を腰の両側に下げ、フードを深々と被《かぶ》っている。

リモアは赤と黒で彩《いろど》られた、くるぶし丈《たけ》のシックな色のドレスを着ている。

契約内容の確認不足により、リモアに殺されるかもという疑惑《ぎわく》が一年前はあったが、リモア曰《いわ》く『あれは保険』だそうだ。保険をかけたってことは、俺を殺すかもしれない未来もあったということだ。

だが今は『もう必要ない』らしい。理由は教えてくれない。しつこく聞いたら、血が美味《おい》しすぎるからだと誤魔化《ごまか》された。

そういえばリモアも変わった。去年より少しだけ落ち着きが出た気がする。俺の血のせいだろうか？


で、俺たちは今、情報を集めるため、迷宮都市の酒場に戻ってきている。

迷宮都市の入り口で身分証を出して騒がれかけたが、サプライズしたいから内緒でってお願いした。

そしてもちろん、探す情報は四姫桜のことだ。

俺とリモア、地面に寝そべるシマは、安酒とパスタをつまみながら、酒場の冒険者の噂《うわさ》話に耳を傾けている――

「おい、聞いたかよ」

「ん？　なにをだ？」

「決まってンだろ？　四姫桜の話だ」

「……あー、リーダーが失踪《しっそう》したあのパーティーか」

「ああ、あいつらとうとう七十階層に到達したらしいぜ？」

「すげえな、ポーター何人雇《やと》ってるんだよ！」

「いやそれがな？　『蒼き群狼』に五十九階層までポーターの護衛《ごえい》をさせて、そこを拠点《きょてん》にポーターを往復《おうふく》させてるらしいぜ？　まあ、それでも十人雇ってるらしいが」

「それなら楽勝だよな」

（なるほど、モーラたちも考えたな。確かに、普通の人が持つ亜空間倉庫は俺のと違うから、中に入れていても食料が傷《いた》む。それと、毎回迷宮から出てたら、移動にばっかり時間がかかるからな）

「バーカ、楽勝なわけねえだろ！」

「おい、それよりよ、あいつら全員リーダーの女だったんだろ？　そろそろリーダーのことを諦《あきら》めるんじゃねえか？」

（……聞き捨てならんな）

「そしたらお前、どいつとやる？」

「バーカ、相手にされるかよ」

「話だけだ！　なあ……どいつだ？」

「おれあ、やっぱ『舞姫』かな？」

「それは一番人気《にんき》だな、『氷姫』は？　あいつも良い体してるぜ？」

「あれは怖い。ありゃあ、リーダー一筋だな」

「じゃあ、『星姫』と『拳姫』は？」

「ちっとしょんべんくせえな」

（好き放題言いやがって……）

俺は少しイラつく。

（舞姫はモーラだろ。氷姫はメイ？　拳姫がメリッサ、星姫はアリサか？　アリサなら魔姫とかじゃないのか？　つうか、星姫ってまさか……あいつやらかしたのか？）

俺は気になり、振り向いて男たちに話しかける。

「なあ、星姫って誰だ？」

「んあ？　なんだ兄ちゃん……あからさまに怪しい格好しやがって」

「あー、わりい。で、星姫とは？」

「まさか知らないのか？　ほら、王都ケーンズとバセールの間にあった草原が、一年前に死の砂漠《さばく》になっちまっただろ？」

「あ、ああ」

そんな噂は、この修行の旅の間にチラリと耳にした。その草原にあった湖まで消え去り、今では虫も生息できない砂漠になったと。まあ、俺は修行で余裕がなかったから、調べたりはしなかったが。

「なんでも死の砂漠ができた原因は、星姫と拳姫がケンカしたかららしいぜ？　そんで怒った星姫が星を降らせたんだとよ」

「………」

（なんだそりゃ！　なんっだそりゃ！　……アリサ、あのやろぉ……。メリッサとはなんだかんだ相性《あいしょう》良いかと思ってたけど、やっぱ失敗だったか？）

俺が頭を抱《かか》えて悔《く》やんでいると、男たちが言う。

「おい、冒険者の流儀《りゅうぎ》だろ？」

「あ、ああ……。ここは奢《おご》る。それでいいか？」

そう答えると、男たちが笑った。

「へへ、そうか？　悪いな」

「話がわかるじゃねえか」

俺は大銀貨一枚を男たちのテーブルに置いて、席に戻った。

俺の脳裏《のうり》にイメージが浮かぶ。

全身から七色の魔力が迸《ほとばし》り、嬉々《きき》とした顔で流星雨をぶっ放しているアリサの姿が。

ギリッ！　バキッ！

奥歯が割れそうになるほど歯ぎしりをする。

自然と力が入り、木のフォークをへし折る。

「マスタァ〜、殺気〜〜」

俺が周りを見ると、さっきの男や他のやつが何人か、椅子から落ちて尻餅《しりもち》をついていた。

「あー、すまん。全員奢《おご》りだ。飲み直してくれ」

「「「「「わあああああ」」」」」

周囲から歓喜の声が湧《わ》き起こる。俺はカウンターに行き、金貨三枚を置いた。

「足りるか？」

「十分ですよ、旦那。迷宮ですか？」

「ああ。そのつもりだ」

そのために修行したのだから。

「お気をつけて！」

俺は、リモアとシマに声をかける。

「行くぞ」

「は〜〜〜いっ」

リモアはジャンプする真似《まね》をして、俺の左肩に飛び乗った。

俺はリモアを抱えながら、懐《なつ》かしき迷宮都市を歩いた。

◇

まず、俺は屋台のおっちゃんを探す。確か近藤《こんどう》とか安藤《あんどう》とかそんな名前だった。

（あの串焼きかな？　おにぎりかな？　どっちだろ）

マイアに、おっちゃんと一緒に儲《もう》けるように言ったし、大丈夫なはずだ。

だが、予想は裏切られる。おっちゃんの屋台がなくなっている。おっちゃんは店を休むときでも、屋台はここに置きっぱなしだった。それがなくなっているのだ。

俺はすぐさまマイアの店に殴《なぐ》り込みをかけたが……

「ばかな……」

なんとマイアの店も空《あ》き家になっていた。

「まさか、俺のせいなのか？」

失意に襲われながらメインストリートに戻ると、なにやら香ばしい匂《にお》いがする。甘辛《あまから》い、なつかしい、醤油《しょうゆ》の香り。

俺はすぐさま匂《にお》いの元を探して走った。

すると、メインストリートに、ばかでかく看板を出し、行列をさばきながら焼おにぎりを売るマイアとおっちゃんがいた。

俺は目頭が熱くなる。

「ばか野郎が、心配させやがって……」

リモアは俺の肩の上から、俺に声をかける。

「行かないのっ？　美味《おい》しそうだよ？」

「今はかきいれ時だ。迷惑になる。またあとでな」

「ふ〜ん」

俺は次にザルバのもとに向かう。

いた。なつかしい……

「ザル――うおおい！」

ザルバは俺に気づくと、槍を突き出してきやがった。しかも、遊びじゃねえ速度だ。一年前の俺なら死んでいた。

ザルバは何度も突き刺してくる。

「おい！　俺だ！　ザルバ！」

「知っている！！！」

俺は槍を避ける。

「待て、って！　おい！　話、を！　聞け！」

「死ね！」

本気だ。

俺は仕方なくミスリルの黒刀を抜き、槍を切断する。

「……ふう、なあ、ザルバ――おあああい！」

ザルバはしつこかった。

槍を斬《き》れば次の槍を。また次の槍を。

まさか、この一年ずっと用意してたの⁉

ザルバの槍は六十四本目で止まった。

「はあ、はあ、て、めえ、はあ、はあ、いい加減、ザルバ、はあ、はあ」

「なぜ置いていった！！！」

モーラのことだろう。

「……」

「俺との約束はどうした？」

言い訳をしようとしたがやめた。

「いや……すまん」

「乗り換《か》えたのか」

「は？」

ザルバは俺の肩を見ている。つうか、あれで肩からおりないとかさすがリモア。

「あー、これ、俺の師匠」

ザルバはリモアをじっと睨《にら》む。

「動きは嘘じゃなかった」

「だろ⁉」

ザルバの言葉は情報が少ない。ある程度補完《ほかん》して拾わないと、意味不明になる。

ザルバは少し黙って、リモアと俺を見てから――

「死ぬなよ？」

「……は？」

「巨人族を舐《な》めるな」

「……」

さすがに意味不明だったが、ザルバは奥に行ってしまったので、俺は諦《あきら》めた。

「次はどこ行くのっ？」

「そうだな、冒険者ギルドに行こう」

俺はリモアを肩に乗せてメインストリートを通り、冒険者ギルドに向かう。すると、迷宮の入り口がある街の中心から、冒険者らしき一団がこっちに歩いてくるのに気づいた。

まだ、小さくしか見えないが、なんとなく嫌な予感がする。

どうも、中心にいるのは、あいつらっぽいんだが……

リモアは自《みずか》ら俺の肩からおり、手を繋いできた。

小さくしか見えない一団が、立ち止まったように見える。

「マスター、ねっ？　あれ、仲間？」

「そのはずなんだが……」

遠目からでもその十数人の団体の先頭にいるのが、女四人だとわかる。

「これ、殺気だよっ？」

「わかってる……」

ズドーーーーーン！！！

街の中なのに、光の柱が一団から天高く立ち上がる。

多分、メリッサだ。

「マスター、リモアに掴まってっ」

「いや、あれはだな」

「早くっ！！！」

柄《がら》にもなくマジ叫《さけ》びだったので、咄嗟《とっさ》にリモアに抱《だ》きつくようにしがみついた。

メリッサが走り出したのが見えた瞬間、リモアは本気で空に飛び、南門の外に逃げた。

「ああああああああああ！」

俺の背中に、メリッサの叫《さけ》びが浴《あ》びせられる。まるで、耳元で言われてるように聞こえた。

リモアは俺を背中にしがみつかせたまま、くるっとメリッサの方を向き、大剣を十字にしてメリッサの蹴《け》りを防御する。

ガキイイイイン！

メリッサは、空を飛んでる俺たちにジャンプで追いつき、地面に叩《たた》き落とそうと蹴りを入れてきたのだ。俺とリモアは流星のように地面に落ちていく。

リモアが地面と激突《げきとつ》する前に落下速度を殺すと、俺は地面に飛びおりた。

「待て！　メリッサ！！！」

「あああああああ！」

メリッサの髪も耳も、尻尾《しっぽ》も総毛立《そうけだ》っている。

メリッサが大きく振りかぶる拳で俺に殴《なぐ》りかかるが、リモアが間に入って守ってくれた。

ガキィイイイン！

またリモアが大剣を十字にして受ける。

「これ、殺しちゃだめなの⁉」

「ダメに決まってる！！！」

メリッサのラッシュを、リモアが全てガードする。

リモアの顔に余裕がない。喋《しゃべ》り方もいつもの子供みたいな口調《くちょう》じゃなくなっている。こういうときは本気だ。

「無理！」

メリッサはリモアにガードされ続けると、急に立ち止まり、総毛立ったまま、だらんと棒立ちになり、顔が見えなくなるくらいうなだれる。ゾンビのようだ。

「メ、メリッサ、落ち着け？」

「……第二門、橙扉《とうもん》解放……」

ズドーーーーーーン！

メリッサを中心に爆風《ばくふう》が吹き荒れる。ふと、メリッサが消えたかと思うと、リモアが彼女の攻撃を懸命《けんめい》に防いでいた。

「マスター！　もう殺《や》る！」

「ダメだ！」

フッとメリッサがまた消える。

っ！！！！！

いつの間にか、ゾンビのようにだらんと立つメリッサが、俺のみぞおちにそっと手を添《そ》えている。こ、この体勢は……

「……赤扉《しゃくもん》奥義、仙気発勁《せんきはっけい》」

「やらせない！！！」

メリッサの発勁が発動する瞬間、リモアが俺とメリッサの間に入ってきた。

俺とリモアは二十メートルほど吹き飛ばされてしまう。

「あれ、なんとかして！　殺さないのは無理！」

「仕方ねえ！！！」

メリッサは止まらない。

俺は最終奥義を使う。

突撃してくるメリッサ。俺は無防備に大の字に手を広げ——

「メリッサ、愛してる！！！」

ビクン！

メリッサの体が電気が走ったように撥《は》ね、突撃がピタリと止まる。

「今だ！　亜空間倉庫！」

メリッサの体が球体に変化した亜空間倉庫に包まれる。球体の上と下には、拳ほどの空気穴が開いている。

そう、俺は亜空間倉庫の形を自在に変えたり、一辺が十メートルぐらいの大きさまで広げられるようになっていた。これも、リモアから教わったものだ。

ゾクリ……

やっとメリッサを止めたのに、俺の背中に寒気《さむけ》が走る。

瞬間、かなりの遠くから、槍より大きくなった氷の矢が飛んできた。メイのレゾナンススィーブだ。

リモアはそれを大剣で受け流す。

ドーーン！

レゾナンススィーブは俺たちの右後方に逸《そ》れ、大きな土煙《つちけむり》をあげた。

息つく暇《ひま》もなく、大量の炎の矢の雨が降り注ぐ。

「次から次へと！！！」

「本当に仲間なの⁉　マスター！」

「多分な！」

リモアはいつもの口調も忘れている。さすがに、殺さずにメリッサたちを相手にするのは一苦労だ。まあ、あいつらも同じ気持ちだろうが。……同じだよな？

俺も双剣を抜き、リモアと二人で炎の雨を斬り裂《さ》く。

ガキィィィイン！

俺は気づいてなかったが、炎の雨の中から、同じく炎のように赤茶けたポニーテールの剣士が、矢を盾にしながら降ってきていた。リモアがそれを受け止める。

それはアクロバットのように、空を舞うかのように、連続で剣技を繰《く》り出してくる。

モーラの斬撃は、全てが風の刃という遠距離攻撃を付与《ふよ》している。近接で受けるとその風の刃で斬られるので、リモアはモーラの剣を受けずに避けることに徹《てっ》している。

球体の中のメリッサは、膝をかかえて泣いている。顔は見えないが。

っ！！！！！

今度は氷の大剣が、数えきれないほど飛んできた。メイのアイスグラムだ。

俺は斬りきれないので、空間把握《はあく》をフルに使いアイスグラムを避ける。
すると、どこからか呟《つぶや》きが聞こえる。
《慈悲《じひ》なき地を這《は》う蛇》
《不遜《ふそん》なる狂気の蜘蛛《くも》》
《アリサの名において命ずる》
《久遠《くおん》より来たりて、我が敵の臓腑《ぞうふ》を食らい尽《つ》くせ》
「飢餓《きが》」
その言葉とともに、遠くから土の中をものすごい速度で何かが進んでくる。高速で走る土竜《もぐら》がいるように。
それがいくつも、いくつも。
俺を目標にして、円を描《えが》くように周囲から一斉に迫《せま》ってくる。
あと十メートルと迫ったときに、全ての土竜《もぐら》（？）が天高く飛び上がった。それは土の蛇、うねりをあげて俺めがけて無数に降り注ぐ。
「っ、殺す気か、アリサ！！　亜空間倉庫！」
「ダメ！　マスター！」
メリッサの亜空間倉庫を解除《かいじょ》し、縦横無尽《じゅうおうむじん》に降り注ぐ土の蛇を、俺を囲むようにして展開した亜空間倉庫で全て受け止める。

だが、束縛《そくばく》がなくなったメリッサが、モーラと斬り合いをしているリモアに襲いかかる。

「もう無理！　血魔法《ブラッドマジック》！　ダークアバター‼」

リモアの唱《とな》えた血魔法で、赤黒いリモアの分身が四体生まれた。

リモアは一体をアリサに、一体をメイに送ると、二体をモーラにぶつけて、自身はメリッサの相手をする。

数十秒ほどメリッサとリモアが打ち合ったところで、リモアが急に俺の体を盾にした。

「もう足りない！　マスター！　ちょっとちょうだいっ！」

リモアはスッと俺の首を撫《な》でると、じわりと血が滲《にじ》み出す。リモアはそれを舐《な》めとる。

その一部始終を見ていたメリッサの殺気が急激に膨《ふく》らむ。

ゴゴゴゴゴゴゴゴゴ……

メリッサから涙とともに、声が漏れる。

「だ、第さん――――」

「ダメだ、メリッサ！　それ以上門を開けたら許さない！！！　嫌いになるぞ！！！！」

ビクッ！

メリッサはピンと硬直《こうちょく》し、数秒経つと――

「ううう、うえぇぇ、わあああああん！！！」

女の子座りで地面にペタンと腰を落とすと、子供のように泣き出した。

「……マスター、殺しちゃダメって言っといて、言葉で殺してるっ」

「じゃあどうしろって言うんだ‼」

モーラを見ると、彼女はメイとアリサのいる場所まで下がり、盾を持ってダークアバター四体を相手にしていた。

「リモア、もういいだろ。アバターを消してくれ」

「リモア、つっかれた〜〜」

リモアはしぶしぶながら、モーラたちのほうにパタパタと飛んでいく。

俺はすぐ近くで泣きじゃくるメリッサの前にしゃがんだ。

◇

俺は今、メリッサたちと戦闘していた場所で、メリッサがどこかから引っこ抜いてきて地面に刺した木に、くくりつけられている。

「メリッサ、反動は？」

俺の問いにアリサが答えた。

「大丈夫よ、お兄ちゃん。メリッサは第二門までなら回復魔法ですぐ治《なお》る程度で済むように訓練したの」

「そうか、なら良かった。しかしさすがに久しぶりに会った人間を磔《はりつけ》にするのは酷いと思うが……」

目の前にはどこから持ってきたのか、テーブルと椅子が展開されている。

そこには五人が座っている。

口火を切ったのはアリサだった。

「そうね、人間ならね」

「……お兄ちゃんだが？」

泣き腫《は》らした顔のメリッサがジト目で見てくる。

「ヨシ――あんた、なんで連絡も寄越さないで……」

「ごめん、メリッサ。つい……な」

リモアと吸血しまくってたから、なんとなく連絡しづらかった。手紙を冒険者ギルド経由で頼めることは知っていたのに。

だが、「あとで突然帰って驚かせたい」という言い訳に逃げていた。

「みんなも色々言いたいだろう。でも、俺にもどうしても言いたいことが二つある」

「ふふ、言ってみなよ」

モーラは戦ってすっきりしたのか、優しい笑顔だ。あー、モーラ、癒《いや》されるわー。

「まず、おい魔物。お前は、俺の代わりに磔《はりつけ》にされる立場だろうが」

リモアは美味《おい》しそうにアイスを食べている。

「うまっ！　マスター、これおいしっ！　すっごいのっ！」

「はーはー、そうですかそうですか」

「他にもあるのかい？　ヨシト」

ああ、ようやくモーラが名前を呼んでくれた。さすがモーラ、期待を裏切らない。

そして俺は気づいている。だがあえて後回しにしている。

いや、ただ、現実から逃避《とうひ》してるだけかもしれない。

俺は今日死ぬだろう。多分みんなも気づいている。

ソレはいまだに一言も口を開かずに、異常な空気を漂《ただよ》わせている。

リモアはそっちを気にしている。外敵扱いかもしれない。

そいつは一切目を逸《そ》らさず一点を見つめている。瞬《まばた》きもしていない。ずっと……俺の目を見つめている。

メイだ。

あれと目を合わせたら、多分俺は石になる。誰か鏡をください。

怖い。メイの両親が異常？　ぬるかった。あの両親は可愛《かわい》いくらいだ。

あの両親から多少マシなのが生まれたのではない。あの両親は悪魔を産み落としていた。

だが、いつまでも放ってはおけない。みんなもそれを期待している。

「あ、あー、メイちゃん。メイちゃんには妹がいたよ？　可愛《かわい》かったよ？」

メイは俺を見つめたまま口を開いた。

「何回したのですか？」

「……は？」

「何回したのですか？」

「な、何の話だ」

「この子供と、チンチクリンと、何回したのですか？」

「……」

魔王だ。魔王がいる。頼む女神よ！　今こそ勇者を遣《つか》わしてくれ！　今すぐに！

だが、リモアが余計なことを言いやがる。こいつ、天真爛漫《てんしんらんまん》なふりをして実はわかってやってるだろ！

「百以上だよっ！」

（このサキュバスめ！　余計なことを！）

「んっとね～～、百晩以上でねっ、一晩につきリモアが倒れるまでするからっ、ん～～っ、何回かわかんないっ！」

「ふふ、うふふふふ……」

「ま、待てメイ……、これには深い事情があってだな……、こいつはヴァンパイアで、ヴアンパイアの吸血には、おい、聞いてるか……？」

　メイはゆっくりと立ち上がる。

（……終わった）

「モーラ、お願いします。私を止めてください。殺してしまいそうです。うふふふふふふ」

「すまない、メイ子」

　ズボッ！

　モーラ《勇者》は渾身《こんしん》の力でメイのみぞおちを拳で撃ち抜く。

　メイ《魔王》はテーブルにつっぷして気を失った。

　メイが気絶してほっとしていると、いつの間にかメリッサが俺の前に立っていた。

「ま、待て、メリッサ！　話せばわかる！　話せ——ぐほっ！！」

　俺も気を失った。

◇

　次に目を覚《さ》ましたのはベッドの上だった。

　俺はベッドに寝かされている。

（良かった、磔《はりつけ》――あれ？　まだ手と足が縛《しば》られてる）

隣に気配を感じ、ふとそちらを見ると――

「っ！！　メ、メイ！！！　……びっくりするだろうが！」

メイが添い寝をしながら、俺をずっと見つめていた。

「みなさんが譲《ゆず》ってくれました」

「な、何をだ？」

「殺してもいいそうです」

メイはニッコリと聖女の微笑《ほほえ》みを浮かべる。

俺はいつぞやの記憶が走馬灯《そうまとう》のように甦《よみがえ》る。

「私……女で良かったです」

「ど、どういう意味だ……」

「女には回数制限はありませんから」

「俺は男だ！」

「知ってます、うふふ……」

メイは妖艶《ようえん》に笑う。

「ひゃ、百は無理だ……」

「あら？　百じゃありませんよね？」

「え？」

「百晩分ですよ？」

「……」

（し、死んでしまう！　本気で死んでしまう！！！）

「さあ。始めましょう……」

「頼む、メイ！　たの、メイイイイイイ！」


昨晩の儀式だけでメイの赦《ゆる》し《魔王》は貰《もら》えた。

寂《さび》しかったのは自分だけではないのだからと。

その物わかりの良さを、儀式の前にも見せて欲しい。

朝になり銀の鐘亭の食堂におりると、全員が揃っていた。

俺は空《あ》いているリモアとメイの間の席に座る。

「マスタァ？　あれがサキュバスよ？」

「……見てたのか？」

「ずっと一緒でしょっ？」

バキッ！

リモアが妖艶《ようえん》な笑みを浮かべてそう言うと、なぜかメリッサのフォークがへし折れた。

『ずっと一緒』の言葉に反応したらしい。銀の鐘亭よ、常連には良いフォークを出してくれ。

「ヨシト、いい加減説明して」

メリッサが言う。

「ちゃんとする、メリッサ。だから、ちゃんとした朝飯をくれないか？」

用意されている俺の朝飯のパンは、ピンポン玉よりも小さかった。こんな姑《しゅうとめ》みたいな嫌がらせをしなくても良いと思います。

◇

時はヨシトが一人旅に出る前、ドラゴン戦の後に戻る。

ここはケイノス王都の謁見《えっけん》の間。

「デッセンブルグ辺境伯《へんきょうはく》よ、面《おもて》をあげよ」

「はっ！」

迷宮都市を領地として持つ、ハルート＝デッセンブルグは、ケーンズ王国の王、ジョシュア＝フォン＝ケーンズに呼び出されていた。

「話は粗方《あらかた》聞いておる。本当にダメなのか？」

ハルートはゆっくりと頭をあげる。

「恐れながら申し上げます」

「よい、昔のように話せ。いや話してくれ、友よ」

謁見《えっけん》の間には文官、武官、騎士などがたくさんいるが、この王の物言いを止める者はいない。王と辺境伯のハルートが旧知の仲なのは周知の事実だからだ。

「では、失礼します。……絶対にダメだ、ジョシュア」

「だからなぜなのだ」

「あれは諸刃《もろは》の剣だ。失敗すればケーンズが滅ぶ」

「……それほどなら、是《ぜ》が非《ひ》でも王国の剣となってもらいたい。数年のうちエルダスト帝国がまた攻《せ》めてくるという情報が入っている。そんなに強いのなら、是非《ぜひ》とも召《め》し抱えたい。爵位《しゃくい》を与えても構わぬぞ？　男爵《だんしゃく》なんぞと言わぬ。伯爵を与えても構わん」

「……ジョシュアには正直に言う。私もやったのだ」

ハルートは、自分がヨシトを抱き込もうとした一連の行動を説明した。

玉座《ぎょくざ》に座る王は、肘《ひじ》かけを使って頬杖《ほおづえ》をつく。

あからさまに不満そうにしている。それでも家臣は辺境伯を責《せ》め立てない。それほどの仲なのだ。

「ふむ。ハルートがソレで終わらすわけがない。違うか？」

「……これはまだだが、偶然《ぐうぜん》を装《よそお》ってやつらのパーティーに潜入《せんにゅう》できないか試《ため》している。今は手こずっているが、ダメな場合は情報だけでも得られるように手は打った」

そこで家臣の一人が発言してくる。宰相《さいしょう》だ。

「辺境伯、いえ、ハルート殿。それはいささか弱いのではありませんか？　そこまで危険な人物なら、他国へ、エルダスト帝国に行かれてしまったほうが危険です。始末したほうが安全でしょう」

その言葉を聞いたハルートはダン！　と足を踏《ふ》み鳴らして宰相を睨《にら》みつける。

そして周囲を見渡して、この場の全員に告《つ》げる。

「いいか？　それだけは絶対にやるな。それが最も悪手《あくしゅ》だ。比喩《ひゆ》や大袈裟《おおげさ》に言ってるのではない。本気でケーンズが滅ぶぞ？」

家臣の中の将軍が口を出す。

「騎士百人で囲んでしまえば、簡単ではないのですか？」

ハルートは怒りの感情を隠さずに、将軍を怒鳴《どな》りつける。

「その程度でどうにかできるなら、とうにやっている！！　私をバカにしているのか！！！」

「も、申し訳ありません」

ハルートはもう一度周りに怒鳴《どな》りつける。

「貴様ら、あれを殺すつもりならドラゴンが殺せるようになってからやれ！！！　その程度もできぬなら絶対に手を出すな！！！」

「あのドラゴン襲撃《しゅうげき》を撃退《げきたい》したのは、辺境伯様の軍と冒険者だったのでは？」

「貴様の耳は節穴《ふしあな》か‼　市井《しせい》のどこでも、あれが竜殺しと噂され、呼ばれている！　王都に報告もしている！」

「ですが、そんなのはあり得――」

「あり得ぬことをしてるから、今私がここにいるのだろうが！」

将軍は、ハルートのあまりの剣幕《けんまく》に黙り込む。

ハルートは「ふう」と一息つき、落ち着きを取り戻してから、皆に再度言い聞かせる。

「よいか？　私も暗殺者を十人差し向けた。暗殺者には絶対に殺《や》れると思うまで手を出すなと言っていた。だが、一人も近づくことさえできなかった。一人もだ。全てやつの亜人の女どもに気づかれた。気づかれずに百メートル以内に入るのも至難《しなん》の技だ。あれはダメだ。もう一度言う、冗談でも比喩《ひゆ》でもなんでもない、敵に回したら確実にケーンズは滅ぶ。……エルダスト帝国？　ハッ。やつと敵対するくらいなら、私はエルダストとの戦争の最前線に兵卒として立つほうを選ぶわ」

ハルートの過剰《かじょう》なまでの物言いに、謁見《えっけん》の間の空気は凍《こお》りついた。

事実、ハルートの言葉は少々大袈裟《おおげさ》だったが、彼のところには南の森の星降らしは、ヨシトたちではないかとの情報も入っている。あの星降らしの前では、軍などいないも同然なのだ。

それに、ドラゴンをも撃退する武、この点だけでも敵対するべきではないと判断できる。

王が再度口を開く。

「皆のもの、デッセンブルグ辺境伯の話を聞いたな。これは命令だ。ヨシト＝サカザキなる者に手出しは許さぬ。それは敵対だけにあらず、下手《へた》な懐柔《かいじゅう》も許さぬ。ハルート、この件は任せてよいな？」

「私もケーンズ王国の貴族だ。国のためになるよう行動する。それに、友の国をジョシュアの代で潰《つぶ》すわけにはいかないからな」

ハルートは少し苦笑《にがわら》いをする。

「いつまでも世話をかける。頼んだぞ？」

「やれるだけやってみる」

◇

俺――ヨシトは一年の旅の報告を、銀の鐘亭の俺の部屋で行《おこな》った。
ケーンズの王都から始まり、聖女神教会に迷宮最下層の女神解放を頼まれたこと。

リモアに出会い、契約をしたこと。

フェル王国の聖龍教の本山、世界樹の中でブチギレたこと。

紋章の意味、俺の紋章との違いも話した。

そのあと、この大陸各地を修行して回ったこと。

バセール王国、フリーダム合衆国にも少し滞在《たいざい》したこと。

……などだ。

モーラたちからも報告を受けた。

モーラ、メイ組は終始《しゅうし》迷宮に潜《もぐ》っていたこと。だが二人では限界が来て、個人のポーターを雇い、それでも限界が来て、『蒼き群狼』に依頼を出したこと。それが現在も進行中だとか。

メリッサとアリサ組はバセール王国に行き、両親を解放できたこと、機会があったら俺に来て欲しいことを話してくれた。それが終わってからは、モーラたちに合流したという。

どのくらい彼女たちのステータスが変わったかというと――

【メリッサ】
名前：メリッサ
年齢：16／性別：女／種族：犬人族／レベル：58

称号：拳姫
STR：S／VIT：A＋／DEX：S／AGI：S＋／INT：C／MEN：B
スキル：体術（レベル10）／隠密《おんみつ》（レベル2）／罠《わな》発見（レベル8）／罠解除（レベル6）／亜空間倉庫
種族スキル：嗅覚探知《きゅうかくたんち》／腕力上昇
潜在《せんざい》スキル：乾坤一擲《けんこんいってき》

【モーラ＝ドーランド】
名前：モーラ＝ドーランド
年齢：24／性別：女／種族：ハイヒューマン／レベル：68
称号：舞姫
STR：S＋／VIT：S＋／DEX：S／AGI：S／INT：A／MEN：B
スキル：剣術（レベル10）／盾術（レベル6）／風魔法（レベル9）
種族スキル：タウント・ロア／頑健《がんけん》
潜在スキル：明鏡止水《めいきょうしすい》

【メイ＝ホースニール】

名前：メイ＝ホースニール
年齢：119／性別：女／種族：ハイエルフ／レベル：71
称号：氷姫
STR：B／VIT：C／DEX：SS／AGI：S／INT：S／MEN：S＋
スキル：回復魔法（レベル8）／氷魔法（レベル10）／水魔法（レベル3）／弓術《きゅうじゅつ》（レベル9）／杖術《じょうじゅつ》（レベル1）
種族スキル：森林歩行／祈り
潜在スキル：一意専心《いちいせんしん》

【アリサ＝コウサカ】
名前：アリサ＝コウサカ
年齢：20／性別：女／種族：人族／レベル：66
称号：終焉《しゅうえん》の星姫
STR：B／VIT：C／DEX：S／AGI：S／INT：SS／MEN：A＋
スキル：火魔法（レベル10）／土魔法（レベル10）／短剣術（レベル5）／槍術（レベル7）／罠発見（レベル6）／火の理《ことわり》／土の理／魔力奔流《ほんりゅう》

こんな感じだった。

この一年、色々な人と出会ったが、ごく稀《まれ》にステータスでSを見ることはあっても、S+とSSは見たことがない。彼女たちはほぼ最強に近いだろう。

それに、みんなそれぞれ、スキル最高レベルの10を持っている。

俺たちが迷宮を踏破《とうは》できないなら、他の誰にもできないと自負《じふ》してもいい。

レベルは、元々メリッサは低かったし、メイは高かったからこんなものだろう。

「ふーん、お兄ちゃんはエタッてるんだ。私たちのは違うのに、お兄ちゃんのだけエタッてるんだね」

「エタるって言うんじゃない。不吉すぎるだろ。不滅の龍の紋章《エターナルマザーエムブレム》だ」

「でもヨシト、まさかあたしら四人と戦えるとは思わなかったよ」

「いやいや、その前になんで襲ってくるんだよ」

メリッサが言う。

「聞かなきゃわからないわけ？」

「いや、すまん……」

「やめなよ、メリッサ。まあ、あれだね。あたしらの力を見てもらいたかったのと、久しぶりに会った感激《かんげき》と、勝手に増やした嫉妬《しっと》かな？」

主に三番目な気がするが……

「でもお兄ちゃん、強くなったわね？」

「まあな、ステータスはほぼ変わってないけどな」

「それは感じるわ。でも、なんて言うのかな？　『慣れた』感じね」

「ああ、それもあるな。あと、リモアがオリハルコン級だからな」

「「「オリハルコン級⁉」」」

三人はびっくりする。メイは賢者《けんじゃ》モードだ。

「あたしは聞いたことないよ」

するとリモアが、口を開いた。

「ん～～、多分、迷宮の八十より下は～、全部そうだよっ」

「マジかよ」

「ヤバいわね」

「迷宮はっ『誰も通さない』のが目的だしねっ」

「「「……」」」

アリサがオレンジジュースをゴクリと飲んだ。

「でもお兄ちゃんは、最下層まで行って、女神を解放するんでしょ？　大丈夫なの？」

「そうよヨシト。聖龍教の話だと、女神は復讐に燃えた異世界人なんでしょ？　それもすごく強い」

メリッサの言葉を聞きながら、俺もワインを傾ける。

「ああ、そうだな。でも、俺はもう教会やら伝承やらは信じないことにした。自分で見て、自分で判断する」

「ヨシト様、女神が大虐殺を始めたらどうしますか？」

メイがやっと口を開いた。

それは当然俺も考えた。

「メイはいやか？」

だがメイの反応は俺の想像と違った。

「いえ、私はヨシト様のやることに賛成です。既に私は聖龍教ではありません」

「だけど、教会がいやなだけだよな？　聖龍教の教義はいいのか？」

「私が聖龍教をやめたのは、聖龍教には『亜人、魔物、自然』との調和を求めている派閥《はばつ》が多くいたからです。それは、言い換えれば、自分たちだけが幸せになりたいと言っているのと同じです。聖龍教は元々『全てとの調和』を求めていたはずでした。ですが、私は気づいたのです。『調和』を求めるのに調停者が必要なのかと。それはもう『自然』ではなく、調停者が作る人工物じゃないかと」

（うん、俺も一言で言ったらそれだな。人口が溢《あふ》れるから？　そんなのは理由にならない。日本で人口が溢《あふ》れるから核《かく》を落としますって言ったらどうなると思ってる。調和も必要だ

が、そういうんじゃない）

「ならなんで、初めて会ったときに俺を勇者として信仰してみたんだ？　お前の両親への手紙にも、聖龍教の勇者と書いたんだろ？」

「うふふ、簡単です」

メイは怪しく微笑《ほほえ》む。

「そう書けば、両親にもてなしてもらえるからです。初めて会ったときはそうですね、『一目惚《ひとめぼ》れ』ですか」

「「「「はあああ？」」」」

これには、アリサもモーラもびっくりだ。

「他人の糞尿《ふんにょう》を片づけ、そのあとも恩に着せない。たとえあの場にメリッサがいたとしても、普通ではありません、必ず男は体を要求してきます。モーラもあのとき言いましたが、『迷宮の中』です。ある意味何をしても許されます。それに目覚めてみれば、まるで宿に帰ったような設備。あり得ません。仮に大きな亜空間倉庫を持っていても、常人の感性ではあの用意はしません」

「ああ、確かにそうだね。いくら亜空間倉庫持ちでもそんなことはしないね」

「そうです。その感性が異常、それが既に特別です。ヨシト様の持つ雰囲気《ふんいき》も独特《どくとく》でした。大きな何かを成《な》し遂《と》げそうな。決定的でしたのは、あの亜空間倉庫で魔物を切断したときです。私は思いました。なんとしてでもこの人を手に入れたいと。仮にモーラとアリサがどれほど反対しても、私が桜花乱舞を抜けて、ヨシト様と合流できれば、近い未来に全員が合流できる確信はありました。そして、ヨシト様は何かを隠している様子で、それを知られることを警戒しておりました。本当でしたら、警戒するなら私たちを助けてはいけませんけど」

「「「「……」」」」

「あの場を逃したら、私もヨシト様と合流できるか自信がなくなります。ならばモーラ、アリサ、メリッサ、ヨシト様も含めて、私がヨシト様と合流したい理由で一番説得力のあるものは、『勇者だから』というもの。それならば誰にも疑《うたが》われない。聖龍教の元聖女ですから。ですから、勇者として信仰してるふりをしました」

「「「「……」」」」

全員が絶句《ぜっく》した。あのときのメイたちは極限《きょくげん》状態だったはずだ。まさか、あの場だけでここまで考えていたとは。

「メイ、あんた……」

「メイ子がバカじゃないのは知ってたさ。でもここまで計算高いとは」

「私、聞かなきゃ良かったわ」

「マスタァ？　こ～れが女の執念《しゅうねん》だよっ！」

「な、なら、今は――」

メイは俺の言葉を遮《さえぎ》り、優しく微笑《ほほえ》む。

「はい、お慕《した》いしております。あのときからずっと。私の全てを捧《ささ》げるほどに……」

「……」

俺が感じたのは恐怖だった。

いや俺だけじゃないかもしれない。

「私、お兄ちゃんの未来が見えたわ。きっと最後はメイに刺されて死ぬわ」

「奇遇《きぐう》だね、アリサ。あたしにも見えたよ」

「わ、わたしも……」

「マスター？　この子、外敵かなっ？」

「……」

メイは微笑《ほほえ》んだままだ。

俺はメイに聞く。

「メ、メイ、俺心配になってきた。お前、こんなにたくさん、その、いいのか？」

「もちろんです。私の望みは『私だけのヨシト様』ではありません。『私のそばにヨシト様がいること』です。たとえヨシト様が肉塊《にくかい》になっても。うふふふ」

「「「「こわっ！！！！」」」」

◇

　メリッサが脱線《だっせん》しがちな話を戻す。

「話が逸《そ》れるわ。女神を解放していいの？」

「これは俺の考えだが、誰にも迷宮の最下層に行ってはいけないと言われてない。むしろ頼まれてもいる。これで、俺が女神を解放したら問題あるか？」

「でもヨシト、実際女神が暴れたらどうするのよ」

「それさ、女神が暴れたら女神の責任じゃねーの？　例えば、絶対に最下層に行ってはダメと言われてたらわかるけど、そうじゃないなら、暴れたやつの責任だろ。別に俺だって話のできない猛獣《もうじゅう》を解放するとは言ってねーよ。とはいえ、本人に聞いてみなきゃわからんだろ」

「まあ、そうとも言えるけど……」

　俺はみんなの顔を見る。

「こう考えてくれ、メリッサ。お前、乾坤一擲《けんこんいってき》が危険だから一生牢屋《ろうや》に入ってろ。誰かに害は与えないと説明しても、信じられない、強制だって言われたらどうする？」

「……」

「同じだろ」

「ヨシトには罪悪感がないのかい？」

　モーラが聞いてくる。

「あるさ。もし女神が暴れるなら殺すよ」

「でも、ヨシトが殺すまでに女神の犠牲者《ぎせいしゃ》が出ると思うよ」

　俺はなおも話す。

「それで俺が恨《うら》まれて国から追われたりするとしよう。そしたら逃げればいいし、俺を恨《うら》まない国で生きてもいい。ならドラゴンは？　ドラゴンは何百年に一度食事するんだろ？　けど、誰も退治に行かないぞ？　女神だけ拘束《こうそく》か？」

「……」

「でも、ドラゴンが襲ってきたら抗《あらが》うよな？　これはさ、いくら話しても答えは出ないんだよ。だったら本人に聞くしかねーだろ。何が正しいかなんて、わからねえんだから」

「解放しなくてもいいじゃない」

「そうだな、しなくてもいいな。ただ俺がしたいだけだ。まあ、話くらい聞いてやってもいいだろ」

　ここでリモアがたのしいことを言ってくれる。

「あ～～～～～っ！　リモアわかっちゃったっ‼　マスター、女神をハーレムに入れる気なんだっ！　そうだよねっ、このパーティー、同じ種族がいないもんっ！　リモアが入ったらっ、あとは神くらいしかいないもんねっ！！！」

俺がリモアの顔を見ると、リモアは「どう？　鋭い？」みたいなドヤ顔だ。

「リモア、そういう――」

俺がリモアに文句を言おうとすると、周囲から殺気を感じた。

俺は、油の切れたロボットみたいな動きで周囲を見る。

鬼だ、鬼がいる。

このパーティーは四姫桜《しきざくら》じゃなくて、四鬼桜《しきざくら》だったようだ。

「いや、お前ら、おい、そんなわけないって！　わかるだろ⁉　……待てって、や、やめてえええ！」

俺は本気でグレた。

◇

「あん？　なに見てんだよ？　やんのか、こら？」

俺は肩で風を切りながら、迷宮都市のメインストリートを練《ね》り歩く。リモアを肩車しつつ。

こんなクサレヴァンパイアを乗せたくはないんだが、おろしても飛んできて乗るので諦《あきら》めた。

俺の後ろを、モーラたち四人がついてきている。

久しぶりの四姫桜だ。

昨日は最後うやむやになってしまったが、なんとか迷宮行きの合意は得られた。元々みんな興味はあるし、モーラたちは既に七十階層を超《こ》えているのだから、最下層が百階層なら行ってみたい気持ちはあるようだ。修行もしたいだろうし。反対する理由が元からないのだ。

それをリモアが余計なことを言ったせいで……

「でもマスタァ？　話がまとまったでしょっ？」

「……不本意ながら」

あの堂々巡《どうどうめぐ》りの議論は疲れる。

そして一夜明けて、今は迷宮に潜る準備の時間だ。

モーラたちは今まで一緒に潜ってくれたポーターや、蒼き群狼に「今までありがとう、今日で終わり」と言いに行く。

俺はたくさんやることがある。まずシスターアンジェラに顔を会わせに行くことと、ザルバに剣を見てもらうこと、あとマイアとゴンドに挨拶《あいさつ》。冒険者ギルドにも顔を出そうと思う。

　モーラたちと別れて、俺はまずマイアとゴンドの店に行った。

「よう」

「っ！　ヨシト様！」

「おっ！　にいちゃん！」

「店、流行《はや》ってるらしいな」

　まだ昼前だからか、客は並んでない。

「ヨシト様、どこに行かれていたのですか？」

「色々な、そっちはどうだ？　店がなくなってたぞ？」

「マイア商会は、仲卸《なかおろし》専門になりましたので、あの店は畳《たた》みました。倉庫はございます」

「にいちゃん、わりいな。こんなん教えてもらって。おかげで大儲《おおもう》けよ！」

　俺は心から祝福《しゅくふく》する。

「そりゃあ良かった」

「一つ食ってけよ」

「ああ、貰《もら》うよ」

　それは焼おにぎりだ。ゴンドが甘辛のたれで肉の串焼きを焼いていたのを、そのままおにぎりに塗って焼いたものだ。

地球の焼おにぎりより甘いが、これはこれでイケる。

鰻丼《うなどん》の下の飯だけをおにぎりにして焼いたような味だ。

「ヨシト様、売り上げの方――」

「マイア、だからいいって。それに、このタレを塗るのはおっちゃんのアイデアだ。俺は米が食えることしか教えてねえ」

「し、しかし……」

「いいから。あっ、米と調味料、どのくらいある？　またたくさん欲しいんだが」

「お任せください。いつもいらしてもいいようにしております」

ゴンドから焼おにぎりを二十ほどもらい、マイアの倉庫で、米俵《こめだわら》三十、醤油《しょうゆ》十樽、味噌十樽、出汁《だし》用の魚の燻製《くんせい》など、その他もろもろの調味料系を買い込んだ。

もちろん金も払っている。

金と言えば、俺の所持金はこの一年で黒金貨が二枚になってる。元々一枚だったのが二枚に増えたのだ。フィールドで修行をしたので、素材を売って金にもなった。

モーラたちは、四人あわせて黒金貨一枚分しか金が残ってないらしい。今はメリッサが管理しているそうだ。

七十階層に到達してるのにそれはないと思うだろうが、モーラたちは本当に修行の効率だけを考え、ポーターと蒼き群狼に魔石の売り上げのほとんどを渡していた。

以前に、階層ごとに入手できる魔石の価値について、
一～九階層は、魔石一個銅貨一枚。

十～十九　　　魔石一個銀貨一枚。

二十～二十九　魔石一個銀貨五枚。

三十～三十九　魔石一個大銀貨五枚。

四十～四十九　魔石一個金貨一枚。

と説明しているが、それ以降は、
五十～五十九　魔石一個金貨五枚。

六十～六十九　魔石一個大金貨三枚。

らしい。

六十台がべらぼうに高いが、今は希少《きしょう》価値があるだけで、もうすぐ七十台の魔石が入ると見込まれているせいで、価値が下がってきている。大金貨一枚に落ち着くだろうとのこと。

七十台はいくら値がつくのかわからないが、金稼《かせ》ぎは問題なさそうだ。

マイアたちにまた来ると告げ、次の目的地、アンジェラの孤児院《こじいん》に向かう。

孤児院の敷地に着くと、見慣れないシスター一人と子供がたくさんいた。

まあ、これが普通だろう。

妙齢《みょうれい》のシスターが俺に気づいた。

「おや？　当院に何かご用でしょうか？」

「あ、すみません。シスターアンジェラと話がしたかったのですが」

「どちら様でしょうか？」

「あっ、すみません。ヨシトと言います」

「少々お待ちください」

妙齢のシスターは建物の中に入っていく。

（ふむ、いるみたいだな……ん？）

肩車しているリモアが、俺の頭をポンポンと叩《たた》いた。ちょっと首をかしげてリモアを見ると、彼女は地面を指差していた。

俺が地面を見ると、俺の足を掴むほどに近寄った幼女が、指を咥《くわ》えてこちらを見上げていた。

「おわ」

ちょっとびっくりして、声を出してしまった。

幼女はじっと俺を見上げている。

「あー、腹が減ってるのか？」

俺は幼女に焼おにぎりを差し出してみる。

「うわぁ～～、良い匂《にお》い！」

「食いもんだ！」

「おっさん！　くれるのか⁉」

見上げている幼女以外が、ものすごい反応を示した。

「……あー、じゃあやるから並べ」

「「「「うわあああああい！」」」」

十人以上の子供が並び、それぞれに焼おにぎりを握らせてやる。子供たちは礼も言わずにかぶりついた。

うめえ、美味《おい》しいとたくさん声がする。

「ほら、お前も食え」

見上げている幼女は、おにぎりを受け取らず、ずっと指を咥《くわ》えて見上げてくる。

「あっ、マスター、肩車して欲しいんじゃないっ？」

「……へ？　…………乗るか？」

幼女はコクリとうなずいた。

リモアはふわりと俺からおりた。俺は幼女を抱えあげ、肩に乗せる。

「ふわあ……」

幼女の顔は見えないが、どうやら喜んでるようだ。

「ずりい！！！　俺も！」

「私も！」

俺の周りにガキどもが群《むら》がってくる。

俺は幼女を肩車したまま──

「うるせえ！　そんなにやってられるか！」

「ずりいぞ！　乗せろよ！」

「いやなこった！」

俺は幼女を肩車しながらガキから逃げ惑《まど》う。追ってくるガキども。肩の上の幼女は笑っているようだ。

パンパンパン！

妙齢のシスターが戻ってきて手を叩《たた》いた。

「はい、静かになさい。静かに！」

俺は立ち止まり、幼女をおろす。

「お前も食え」

「あ、ありがとう」

俺は幼女の頭をグリグリ撫《な》でる。

「食事までありがとうございます。シスターアンジェラが中にいます。どうぞお入りください」

「どうも」

妙齢のシスターに案内されて、教会に入っていく。

「子供の扱いが上手いのですね」

「ここにもいますから、いたっ！」

後ろをついてきてるリモアに足を蹴られた。

「男手がないもので。まだ父親を夢に見ている子もおりまして。良かったらまたいらしてください」

「……はあ、たまにですけどね」

シスターに奥に通されて、部屋に入るとシスターアンジェラが針仕事をしていた。

「お久しぶりですね」

「そうですね」

「お座りください」

妙齢のシスターは出ていき、シスターアンジェラが手を止めて椅子を勧《すす》めてくる。

俺が椅子に座る。リモアは入り口で目を見開いて呆然《ぼうぜん》としている。どうした？

「あっ！　あのっ！！！」

珍しくリモアが口を開いた。いつもならこういうときは大人しくしてるのに。

シスターアンジェラはリモアに微笑《ほほえ》んだ。

「お座りなさい？」

「はいっ！」

（なんだこのリモアの態度は？　初めて見たぞ？　こんなに緊張するなんて。まるで社長を前にした新入社員、あっ！　うそ？　魔物か!?）

【アンジェラ】
名前：アンジェラ
年齢：28／性別：女／種族：人族／レベル：1
称号：
STR：D／VIT：D／DEX：D／AGI：D／INT：D／MEN：D
スキル

（いや、違う。前見たときと同じだ。何もない平均的だ。本当に何もない。……あれ？　天啓《てんけい》は？）

「何かありましたか？」

「いえ、いや、シスターテレサから、アンジェラさんにはスキルに天啓があるって聞いたんですけど、あるんですか？」

アンジェラは首をかしげる。

「いえ、ありませんが。視たままの何もないシスターですよ？」

「はあ、そうですか」

（なんだよ、シスターテレサの間違いか）

「……」

「……」

「シスターテレサからお話は聞いております。迷宮の最下層に行かれるとか」

「正直、シスターテレサに頼まれたってのもありますが、自分でも行ってみたくなりまして」

「それはなぜですか？」

（この人、多分聖女神教だろ？　聖女神教の人に「会ってみたいだけ」とか「バカだったらぶん殴《なぐ》る」とか言ってもいいのか？　女神なんだし）

「どのような気持ちでも良いと思いますよ」

「っ！　やっぱり心を読んだのか！」

「違います。なぜと聞いて黙られては、複雑な心境なのでしょうと誰でも思います」

アンジェラはニッコリする。

「あー、その、本当に女神、様がいるなら会ってみたいなと思いまして」

「そうですか、女神ラステルもお喜びになるでしょう」

俺は聞いてみる。

「一つ聞いても？」

「どうぞ」

「聖龍教をどう思いますか？」

アンジェラから笑みが消え、真顔になった。

俺は何か引っかかっていた。シスターテレサを知っていたこと、シスターテレサが知っていたこと。天啓がないこと、この世界で初めて『スキルが何もない人』を見たこと。

そして極めつけは、このリモアの態度だ。明らかに緊張しているのに嫌そうじゃない。

憧《あこが》れの人に会ったような。

「私はどちらの教会の人間でもありません。ですから、どちらの教会に対しても何も思うことはございません。でも」

「でも？」

「強《し》いて申し上げるなら、調停者、母なる龍《マザードラゴン》は後悔《こうかい》しているのではないでしょうか？」

「それはどうしてそう思うのですか？」

「私にも上手く説明できません。ですが、もし私がその立場になったらそう思うかもしれないというだけです。もしかしたら、どなた様からか怒られたりしたら、後悔してしまうかもしれませんね」

アンジェラはニッコリと俺に笑いかけた。

俺はなんか煙《けむ》に巻かれてるような気分になる。

「……あなたは何者ですか？」

アンジェラは首をかしげる。

「それはどういう意味でしょうか？　孤児院のシスター以外で、ということでしょうか？」

「はい」

「そうですね。昔シスターテレサに拾われた孤児というだけですよ」

「俺はそうは思えない」

「何もありません。もしご納得いただけないなら、子供たちを見守る観察者とでも申しましょうか」

「……はあ」

（まあ、本人にそう言われてしまえばどうしようもないか）

俺は席を立つ。

「とりあえず、シスターテレサに言われたので来ただけです。また来ますね」

「はい。お気をつけて」

俺は、リモアの態度が気になっていたが、何かあるならリモアから言ってくるだろうと思い、部屋を出ようとする。

だが、俺の背中にアンジェラから声をかけられた。

「女神ラステルをお願いいたします」

「……」

シスターアンジェラの最後の物言いが気になったが、俺は孤児院を後にした。

リモアは部屋を出るとき、何度も振り返っていた。


「なあ、リモア。お前、アンジェラを知ってるのか？」

リモアは俺を半眼で睨《にら》む。

「知らないっ！　見たこともないよっ！　鈍感《どんかん》っ！」

そして、プイッとして、俺の肩にまた乗った。

「はあ⁉　ちげーし！　それだけはない！」

「ぷんっ！」

（何を怒ってんだよ。……ふざけるな、俺をラノベの鈍感《どんかん》主人公と一緒にするな！　俺はあの展開だけは嫌いだ！　いくらなんでも女の気持ちをあんなに気づけない男はいない！　……え？　もしかしてアンジェラが俺に惚《ほ》れてるのか？　いや、それは絶対ない！）

「……それは間違いなくリモアの勘違いだから……」

「ぷんっ！」

◇

俺たちは冒険者ギルドに行く。

俺がギルドに入ると、それに気づいたギルドの職員の一人が大急ぎでどこかに走っていった。

すぐさま、あのギルドマスターのじいさんがおりてくる。

「ほっほっほ、久しぶりじゃの」

「出たな、じじい」

「少しワシの部屋で話でもせんか？」

「まあ、いいだろ」

俺とリモアは、階段をあがり、じいさんの部屋に入った。

俺とリモアは、一対のソファーに並んで座る。

「今日は星降らしなどとは一緒ではないのか？」

「……星降らし？　って、アリサのことか？」

「そうじゃ。お前さんとこの元桜花乱舞のアリサじゃよ」

「やっぱり」

（あの森の一件もバレたのか？　……だ、大丈夫かな）

「お前さん、知らんのか？　ケーンズ王都とバセール王国の間に死の砂漠があるじゃろが」

「……アリサなのか？」

「そうじゃ。本人も自供しておるわい」

俺も噂は聞いていた。正確には、砂漠ではないがとても人が住める状況ではないと。

「あれは、お前さんとこのアリサとメリッサが喧嘩《けんか》してできたと聞いとるぞ」

「確定か……」

（昨日うやむやになって追及するのを忘れていた。あのやろぉ）

「巻き添《ぞ》えは？」

「ギルドが調べた限りではおらんかったようじゃが、そこにはオークが大集落を作っておった。オークキングなどもおったようじゃから、誰も近寄らん場所での。まあ、本人らもわかってたようじゃがの」

（ホントかよ。感情に任せてぶっぱなしただけな気がする。これが怖いから、メリッサと組ませたのに。メリッサもお仕置きだな）

「まあ、それはよい。さて、今までどこに行っておったのじゃ？」

俺はアリサのことで引け目を感じるが、このじいさんには一杯食わされたことがある。こんなのを気にしてたらマウントを取られてしまうと、頭を切り替えた。

「俺をハメたギルドに教える義理はないな」

「人聞きの悪いことを言うでない。ハメとらんじゃろ」

「貴族から守ると言ってなかったか？」

「よく思い出すんじゃ。ワシは了承《りょうしょう》したと言った覚えはないぞ？」

「ほう、わかった。なら、七十階層以降の魔石はギルドに卸《おろ》さなくてもいいな」

じいさんは、腰を浮かせて中腰になる。

「ま、待つんじゃ！　……年寄りをそういじめんでもよかろう？」

「モーラたちの魔石で、充分儲《もう》けただろ」

じいさんは冷や汗を拭《ぬぐ》う。

「冷たくせんでくれ。お前さんらと敵対する気はこれっぽっちもないわい」

「………まあ、いいだろう。要件はなんだ？」

今さらこのギルドにこだわる気持ちはない。他の国でもギルドが使えるのがわかったし、迷宮の魔石を他のギルドや商会に卸《おろ》してもいいのだ。確かにプラチナ級の証明は役に立つが、それだって、このギルドでなくてもいい。だが迷宮はここにしかないので、面倒を起こすつもりもない。

「お前さんら、迷宮の最下層をめざすんじゃろ？」

「そうなるな。あー、魔石とドロップか？」

「もちろん、ギルドに売ってくれるんじゃよな？」

「さあ、どうするかね」

俺はニヤリとじいさんを見る。

「売って欲しくもあるが、問題はそこではない。お前さんらに定期的に潜って欲しいんじゃ。それも、一気に潜って欲しくない。お前さんがいなかったときのように、ゆっくり進んで欲しいのじゃ」

「ん？　あー、なるほど」

確かに七十階層以降のまだ見ぬ魔石やドロップは魅力的だろう。だが、たった一回では世の中全体に供給できない。それを定期的に流通させられるから、ギルドに莫大《ばくだい》な旨味《うまみ》が生まれるのだ。

そして、一気に潜られると価値の安定が図《はか》れない。数も必要だ。それをなんとかして欲しいと言ってきている。

「先のことはわからない。俺たちの要件が終わったら、もう潜らないかもしれないな」

「そこをなんとかじゃな」

「つうか、青い信号とかいうやつにやらせろよ」

「『蒼き群狼』かの？」

「あー、それだ」

「やつらは停滞《ていたい》しておる。力もお前さんたちほどない」

俺は膝に肘《ひじ》をつき、前屈みになる。

「それ、俺たちに関係あるか？」

「っ……」

俺は続ける。

「その青木なんたらって名前のやつじゃなくても、強いやつはたくさんいたぞ？　特にフリーダム合衆国にはかなりいた。そいつらに依頼するとか、努力したらどうなんだよ」

「……」

「この世に強いやつが全くいないなら話はわかる。でも、実際にはいる。そもそも、ギルドの営業努力が足りないから、迷宮の探索《たんさく》が進まないんだろ。他国だろうがどんどん受け入れろよ。まさか、他国からの冒険者を締《し》め出してるのか？」

「それはないわい」

「なら、そうしろ。迷宮の魔石を巡って戦争があるのは聞いた。だけどよ、お前らが迷宮を独占《どくせん》したがるからそうなってるんじゃないのか？　それが戦争のもとなんじゃないのか？」

「……」

冒険者のタグがあれば、冒険者は国家間の移動はできる。

そしてそれを止める法律はない。だが他国の冒険者は、迷宮の魔石を亜空間倉庫などに収納して、この冒険者ギルドに売ってくれないことも考えられる。それを懸念《けねん》して、このギルドは冒険者の締《し》め出しこそしないものの、いづらくなるように嫌がらせをしていたのを、俺は知っていた。

じいさんは冷や汗をかきながら、話題を変えてくる。

「め、迷宮の最下層に行くのじゃろ？」

「情報はやらんぞ」

「なっ！！！」

じいさんは先に釘《くぎ》を刺されて絶句した。元々じいさんは迷宮の情報を欲しがっていた。

女神関連のことは、聖女神教も聖龍教も知っていたから、あまり隠す意味はないと思える。

だが、このじいさんの知識欲を満たしてやる義理もない。

じいさんは手をワナワナと震えさせた。

「じ、自由に動けてるじゃろ。ワシの功績《こうせき》もあるんじゃぞ？」

「どうだか。多分、あのデブの辺境伯がやってくれてるだけだろ。なかなかビビッてたみたいだし。仲良くしたいとも言ってたぞ」

「その辺境伯を紹介したのはワシじゃ」

俺は声のトーンを落とす。

「情報を売ったの間違いだろ？　何も知らないと思ってるのか？」

するとじいさんはビクッとして、いきなり床に土下座した。

「頼む！！！　ワシの夢なんじゃ！　なんでもする！　教えてくれ！」

「夢？」

「そう！　夢なんじゃよ！」

「知るかよ」

俺は考える。正直恨《うら》みはない。辺境伯に情報を売ったと言っても、モーラたちと合流してからだ。大したことはない。

これが異世界に来てすぐとかなら話は違うが、あのときは既に負けない自信があった。

それに、ここまでされたら多少は心が動く。だが、どうしたものか。

（まあ、俺は善人じゃないし、善人になりたいわけでもない）

「要件はそれだけか？」

俺は土下座しているじいさんをそのままに、ソファーから立ち上がる。

じいさんは顔だけをあげた。

「じ、情報は？」

「良い子にしてたらな」

俺は部屋を出る。

「待て、待たんか！！」

じいさんの叫《さけ》びを気にせずに、俺はドアを閉めた。

じいさんの部屋がある階から下におりると、ちょうどギルドにメリッサ一行がやって来た。

「あれ？　どうした、メリッサ」

メリッサは浮かない顔をしている。

「ごめん……ヨシトを迎《むか》えに来たの」

「なぜ俺がここにいると？」

「匂《にお》いで……」

「半端ねーな。もう犬枠じゃねーか」

メリッサの嗅覚探知がここまでとは。嗅覚スキルにレベルはないはずだが、これも修行で精度《せいど》があがったのだろうか。

メリッサの後ろにいるモーラも渋《しぶ》い顔をしている。

「何かあったか？」

「お兄ちゃん、ちょっと頼みたいことがあって」

アリサまでもが渋《しぶ》い顔だ。メイは……うん通常営業だな。メイらしい。

「なんだよ、アリサ、水くさいな。どうした？」

「ヨシト、ちょっと蒼き群狼の拠点に一緒に来てくれないかい？」

「良いけど、なんかあったのか？」

アリサが言う。

「それが、契約解除でトラブってるの」

俺は一瞬ポカンとしたが、すぐに顔をにやけさせた。

「面白い。今ちょっとイライラしてたからな。ぶつけちゃうかな」

俺は四姫桜のリーダーとして、スーツでも売りそうなやつらのところにカチコミをかけに行こう。

「あっ、メリッサ、アリサ。お前ら後でお仕置きだから。……理由、聞く必要ないよな？」

メリッサとアリサは、ジャンプするほど硬直して、脂汗を流しはじめた。

◇

俺とリモアもメリッサたちに合流して、蒼き群狼の拠点に赴《おもむ》く。

道中、歩きながら、モーラが状況を説明する。

「ポーターのほうはカタがついたよ。元々ポーターにはヨシトが戻るまでって言ってたのさ。だから、特別手当てを大金貨一枚ずつ渡して納得してもらった」

「退職金みたいなものか。なら、そっちはなんでだ？」

「あたしのミスだよ。蒼き群狼にはヨシトが戻るまでと言い忘れていたんだ」

「なるほどな。モーラにしては珍しくツメが甘いな。要は金づるがいなくなるのは困ると。そういうことか？」

「それだけじゃないみたいなんだよ……」

「あん？」

俺は予想していた。まだ見ぬ魔石を、莫大《ばくだい》な金を生み出すモーラたちを、そう簡単に手放すだろうかと。とはいえ、黒金貨でも払っとけばなんとかなると、たかをくくっていた。

「そっちの契約違反になるから、私たちが蒼き群狼に入らないと納得しないって言うのよ」

「メリッサ、契約したのか？　書面で？」

「あっ、それもあたしだよ、ごめん……」

「らしくないな。メイ？　お前がついていながら、どうした？」

俺が後ろにいるメイに振り返ると、メイは笑顔のまま答えた。

「私が席を外している間に決まってしまいました。ですが、問題ないと思ってました」

「なんか対策があるのか？」

メイの表情は変わらない。笑顔で答えてくる。

「簡単です。ヨシト様の足を掴む人間は、皆殺しにしてしまえばいいのです。なんの問題もありません」

「聞いた俺がバカだったよ……」

安定のメイクオリティだ。

「しかし、お前ら、契約だけは気をつけろよ？」

「そ～れをマスターが言うのは、リモア、どうかと思うよっ！」

「言わなかったけど、お兄ちゃんとリモアの契約もグダグダだからね！　てゆうか、ただ血をあげるだけの契約だから！」

「アリサ、黙れ。お前はお仕置きだ」

「っ！　今それ言うのずるくない!?」

俺たちは蒼き群狼の拠点に着いた。

◇

中に案内され、応接室にしては広すぎる、ちょっとした柔道場ぐらいの部屋に通されると、青髪のイケメンが待っていた。

「どうぞ、座ってください。四姫桜のみなさん」

「どうも。ヨシトと言います」

「もちろん知っていますよ。はじめまして、ランクリットと申します」

青髪イケメンは腰を折り、頭を下げた。

俺は頭を下げなかった。

青髪のイケメン、ランクリットは物腰はかなり柔《やわ》らかい。

だが、全身からイヤらしさを感じる。エロいほうではなく、やりづらい感じのほうだ。

笑顔でソファーを勧められ、俺、リモア、アリサが一つのソファーに座った。

モーラ、メイ、メリッサは隣のソファーに座らず、俺たちの真後ろに立つ。

正面の三人がけのソファーに、ランクリットが一人で座る。

メリッサが俺の肩に手を置いて、注意喚起《かんき》をしてくる。

「ヨシト」

「わかってるから。そういうもんだろ」

「どうかなさいましたか？」

「いや、大丈夫ですよ」

ランクリットがイヤらしい顔で、白々《しらじら》しく言ってくるが、俺は軽く流した。

メリッサは、室内には俺たち以外に誰もいないが、部屋の外は大勢の冒険者に囲まれていると言っているのだ。

俺から話を切り出す。

「早速ですが、俺がいない間にモーラたちが世話になったようで。ありがとうございました」

「そうですね、我々がいなければ六十階層でさえ攻略できていたかどうか怪しいですね。我々の力があればこそと自負しております」

「そうですか。それはありがとうございました。でももう必要ありませんので。今日で終わりにさせてもらいましょう」

カチャリと、この部屋のドアが開き、一人のエルフの女が入ってきた。女はワゴンを押し、ワゴンにはお茶が入ったカップが並んでいる。

女は俺たちのソファーまで来ると、テーブルにお茶を配膳《はいぜん》した。

「どうぞ。王都で流行《はや》りの最高の茶葉を使ってます。もちろん毒などは入ってません」

ランクリットはイヤらしい笑顔で言ってくる。

すると、リモアがカップの一つを手に取り、少しだけ口をつけた。

「マスター、大丈夫だよっ！」

「悪いな」

俺はリモアからカップを受け取り、お茶を飲む。

ランクリットを見ると、笑顔を崩していない。

（なるほど、この程度でキレてくる器でもないってことか。さすが、この迷宮都市で俺たち以外の唯一のプラチナ級冒険者か）

「話を戻しますが、我々は納得しておりません」

「相当儲《もう》かったはずでは？」

「それはそういう契約です。当然でしょう」

「ふむ、契約書を見ることは？」

「もちろんできますよ」

ランクリットが「おい」と一声出すと、さっきのエルフが一枚の紙を持ってきた。メリッサも一枚持っているが、こいつらのと違うと困るので、こっちも取り出す。

ランクリットがその紙を差し出してきたため、俺はそれを手に取り、メリッサに渡す。

「どうだ？」

「ええ、私たちのと同じよ。読むわよ」

メリッサの読み上げた契約内容はこうだ。

一、蒼き群狼は、四姫桜が迷宮に潜行《せんこう》している限り、十日ごとに五十九階層にポーターの荷物の授受《じゅじゅ》に行かなければならない。その報酬《ほうしゅう》として、四姫桜は取得した魔石とドロップアイテムの七十パーセントを、蒼き群狼に支払う。

二、分配はその場で双方の協議のもとで査定し、蒼き群狼は素材全ての三十パーセントの金銭をその場で支払う。金銭が支払えない場合、その素材は四姫桜のものとする。

三、蒼き群狼は、四姫桜と契約しているポーターを、五十九階層まで往復で護衛する。なお、一～五十九階層の間で起こった事故に関しては、蒼き群狼が責任を負《お》う。

四、蒼き群狼は、五十九階層でポーターの荷物の受け渡し後、不都合があったとしても責任は負わない。

五、契約の解除に関しては、双方の合意のもとだけで行われる。

六、この契約は、冒険者ギルド、ケーンズ王国、両方の法の範囲外とする。

七、万一、十年間四姫桜のリーダーが迷宮都市に戻らなかった場合、または四姫桜のリーダーの同意が得られた場合は、四姫桜は蒼き群狼に吸収される。

（なんともまあ、これは……。ボロボロすぎないか？　穴だらけだ。一体どうしたかったのか意味不明だな。俺も人のことは言えないが、冷静に読んでみるとよくわかるな。これはメイが問題ないって言ったのもわかるわ）

「モーラ、これは普通の書面契約か？」

「いや、あたしとその男の魔法契約だよ。それを破《やぶ》ると死ぬことになる」

「よくもまあ、そんな命のかかった契約を軽々としたもんだ」

「ゴメン」

「いや、まあ、モーラにだけ言ったんじゃないんだけどな」

俺はランクリットを見る。

「では、契約の解除の協議をしますか」

メリッサが読み上げた契約を聞いて、俺はランクリットに話を切り出した。

「こちらは四姫桜が迷宮に入る限り、契約を解除する気はありません」

「こちらは違約金《いやくきん》として黒金貨を払いますよ？」

「黒金貨？　冗談を言っては困ります。ならヨシトさんは、何枚の黒金貨を支払えば四姫桜を手放すのですか？」

「それはないですね」

「でしょう？」

ランクリットは相変わらず勝ち誇《ほこ》ったような姿勢を崩してない。

「わかりました。そちらがその気でしたら契約はそのままにしましょう」

「ヨシト！」

「お兄ちゃん」

「まあ、黙ってろ、お前たち」

こいつの狙いはわかった。契約を盾にして四姫桜を吸収したいようだ。初めからそれが狙いだったのだろう。

「言っておきますが、辺境伯様と親密な仲と聞きましたが、辺境伯様に相談しても無駄ですよ？　そのための第六項ですから」

ランクリットの顔はまだ勝ち誇っている。どや顔だ。

（何言ってんだこいつ？　その六が自分の首を絞《し》めてるのに気づいてないのか？　まあ、それ以外でもいくらでも方法はあるが、この手のタイプは面倒だ。ただ、別に俺は善人を目指してないからな）

「わかりました。でもすごいですね、五十九階層に必ず到達できる実力があるんですね」

「はい、蒼き群狼は百人からなるクランですので。怪我人《けがにん》が出ても交代要員もいますのでね」

「そうですか。でも、敵は魔物だけとは限りませんよね？　盗賊やら強盗《ごうとう》やら、人間もいるはずです。迷宮ですので」

ランクリットは「何を言ってるんだ？」と怪訝《けげん》な顔をする。

「もちろんそうですが、我々もプラチナ級ですから、盗賊などに後れを取りませんよ」

「いやー、そうですかそうですか。それは頼もしい！」

俺は笑顔でソファーにふんぞり返る。

「でも俺にはできないな～、なんせ万が一、蒼き群狼の誰一人として五十九階層にたどり着けなかったとき、あなたは魔法契約を違反したということで、死んでしまうのですから。五十八階層にたまたま強い魔物や強い盗賊がいるとは思わないのですかね？」

「……何を言っているのですか？　我々はもう五十台の階層を五年やってますが、五十台に盗賊なんて出たことがありませんよ」

俺はあははと笑う。

「それは『今までは』でしょう？　仮にですよ？　モーラたちと同じ強さの盗賊が、五十八階層で奇襲《きしゅう》してきたらどうなりますかね？　蒼き群狼の誰かが五十九階層に十日ごとに着かなければ、あなたは死ぬんですよ？」

「……そんな盗賊はいない」

とうとうランクリットの笑顔が崩れた。

「今まではいなかった。でしょ？　これからはどうですかね。いや、そうでなくても例えばですよ？　星降らしが五十八階層で魔法を暴発《ぼうはつ》させたりしたら、蒼き群狼は五十九階層にたどり着けますかね？　そんなことになったら、あなたは死んじゃうな〜。いやー、なんでも、星降らしはバカすぎて制御できないらしいですから」

アリサを見る。アリサは後で怒られる怖さと、バカにされている悔《くや》しさで複雑な表情をしている。

俺は「困った困った」とランクリットを心配する顔をする。

だが、ランクリットもやっと俺の意図がわかったようだ。

表情から一切の甘えが消えた。

「そんなことになったら、四姫桜も餓死《がし》する」

「おや、知らないんですか？　四姫桜のリーダーは、なんでもバカデカイ亜空間倉庫を持ってるみたいですよ？」

「亜空間倉庫だって物は腐《くさ》る」

「これ、内緒ですよ？　実はそのリーダーの亜空間倉庫は物が腐《くさ》らないらしいんですよ」

「そんなものはない‼」

その発言にランクリットは驚いたようだ。だが驚いたのは彼だけではなかった。

「お兄ちゃん！」

「ヨシト‼」

「いいんだよ、お前たち。どうせ俺の秘密を知っても、俺たちかランクリットさんのどちらかはもう死ぬんだから。関係ないだろ、ですよね？　ランクリットさん」

「……」

視認はできないが、部屋の外から殺気が溢《あふ》れている。

「第六項は失敗でしたね。多分あなたたちは、百人で襲えばたとえ四姫桜でも勝てる。でもそのあと法に触れたら困る。そう考えて入れたんでしょう。要は、最初から最終的には力ずくで言うことを聞かせるつもりだったんでしょ？　いや、戦うつもりもなかったな。百人で囲めば俺が脅《おど》しに屈《くっ》すると思ってたんだろ。バカだな〜〜」

俺は両手をソファーの背もたれに広げ、リモアとアリサの背中に手を回す。そして俺は精一杯《せいいっぱい》の殺気を込めて言う。

「百人程度でどうにかできると思ったか？」

「っ！！！」

ランクリットの顔には焦《あせ》りが浮かぶ。

「ここで星を降らせば、いくら契約があろうとただではすまないぞ！！！」

ガタガタガタガタ！！！

部屋に二十人ほど流れ込んできた。

蒼き群狼は全員が臨戦態勢《りんせんたいせい》だ。

俺たちは表情を変えていない。

「うちの戦力が星降らしだけとでも？　まあ、でもランクリットさんたちにも半年ですか？　お世話になったんだ。いきなり全力でもかわいそうだ。そうだ、うちは一人で相手しますよ。おい、誰かやりたいやつはいるか？」

　俺が後ろを振り向いて確認すると——

　シュバッ！！！

　四姫桜（リモア含む）全員が一斉に手を挙げた。

「ヨシト、あたしにやらせてよ。自分の失態《しったい》は自分で取り返すよ」

「私が流星雨だけと思われてるのは悔しすぎるわ。見せてあげる、このアリサちゃんの真の力を」

「ヨシト、アリサはダメ。市街戦に向いてないから。私ならこいつら程度、第一門も要らないわ、被害も出さない。任せて」

「さすがヨシト様です。これが一番てっとり早いのです。全員氷の彫刻《ちょうこく》にして差し上げます」

「マスタァ？　風《風神》ちゃんと雷《雷神》ちゃん（二本の大剣）出していい～～っ？　リモアっ、お腹《なか》の下がうずうずしちゃうっ！」

　俺は満面の笑みでランクリットを見る。

「だ、そうですが、どうします？　ランクリットさん。五、六、七の項目だけでなんとかなると思ってたんだろ？　で、モーラを信用させるために一、二、三、四は甘くした。わからなくもないけど、穴だらけすぎだろ。だいいち、お前らより下に潜れるやつが、なぜお前らより弱いと思ってるのか、理解不能だ」

ランクリットは歯噛《はが》みをする。

「わかるよ？　四姫桜は強くても、リーダーはポーターで弱いと噂だもんな。最後の手段は俺を囲んで吸収の同意をさせるつもりだったんだろ？　考えが甘すぎるだろ」

ランクリットは苦々しい顔をして、俺を睨《にら》む。

「この人数に勝てると思ってるのか？　いくら四姫桜が強いと言っても、たかだか十階層分しか違いはない。その程度で百人を相手にできるつもりか？」

（あー、もうその時点でお疲れ様だな。鑑定してみたけど、ステータスAが数人いるだけで、平均Bと平均Cがほとんどだ。俺の見立てでは、うちの誰が相手しても一人でなんとかできそうだ。このステータスのメンバーで五十台をこなせてるのはすごいけどな）

事実、この一年の修行で、色々な人と手合わせをした。ステータスAまでは俺のステータスでも、スキルで対処できた。だがSは別格だった。

本当のステータスの暴力は、Sからだ。

「もう一度だけ言う。俺はお前らを壊滅《かいめつ》させに来たんじゃない。穏便《おんびん》に契約を解除したいだけだ。金も払うぞ」

「お前が死ねば、四姫桜も金も蒼き群狼のものだ！」

俺は一周回って、逆にかわいそうになってきた。せっかくプラチナまでのし上がったのに、こんなところで終わってしまうのはかわいそうだ。

「……要は金だろ？　金くらいくれてやってもいいぞ」

ランクリットは立ち上がる。

「ふはははははっ！　やはり土壇場《どたんば》でビビったか！　そこの新しい女も捨てがたいが、アリサ！　こっちにこい！　そんなやつは頼りにならない！　お前は俺のものだ！　いや、全員俺のものだ！」

その言葉を全く予想していなかった俺たちは、予想外の対象に一同ドン引きする。

「うわぁ～、あいつロリコンだわ」

「リモアにも選ぶ権利あるよっ？」

「あ、あたしじゃないのに、あたしと契約って……」

「良かったわね、アリサ。新しい彼氏ができたわよ」

「アリサ、どうしますか？　ご指名ですよ？」

アリサはうつむいてぷるぷると震えている。

そしてその怒りは……俺たちに向いた。

「誰がロリコンよ‼　私は二十《はたち》よ！」

「おお、合法ロリか」

「この世界では十五で成人よ‼」

「アリサはほら……小さいから。特殊《とくしゅ》な人に狙われやすいのね」

「メリッサ……それを言ったらどうなるか忘れたの？」

「あいつ、なんであたしと契約したんだろ？」

「それは決まってます。万一アリサが契約で死んだら困るからですよ」

「やっぱりアリサ、胸揉《も》んでもらった方がいいんじゃない？　小さすぎると色々大変よ？」

「メリッサ……あんた……」

「黙れ！　お前ら！」

ランクリットが大声で叫《さけ》ぶ！

「ちっぱいが最高だろうが！！！　どいつもこいつもぶくぶくぶくぶく膨《ふく》れさせやがって！　見ろ！　あのアリサの絶壁《ぜっぺき》を！　素晴らしい……美しい！　まるで大理石のようだ！！！　来い、アリサ！　僕が毎日愛してやる！」

「「「「……」」」」

（おかしい。シリアスな場面ではなかったのか？　こういうオチなのか？）

アリサはまるで信じられないものを見てしまったように目を見開き、口をあんぐりと開けている。

そして、両手の拳を震えるほど握りしめていると——左の手の甲《こう》に龍を象《かたど》った紋章が現れた。

そのとき俺たちは思った。あいつは死んだと。

もう俺たちは、いかに街に被害を出さないかしか考えてなかった。

「メリッサ、槍」

「あっ、うん……」

メリッサはアリサの槍を亜空間倉庫から取り出し、アリサに渡す。

——メリッサは思った。まだ槍を使う理性が残ってたんだと。街ごと吹き飛ばしてはいけないのだと覚えたんだと。


ランクリットが周囲に号令をかける。

「行け！　あの男をぶっ殺せ！　あいつさえ死ねば、金も女も思いのままだ！！　アリサの絶壁は俺のものだ‼」

だが、誰も動かない。

それはそうだろう。槍の石突きを床に突き立て、仁王立《におうだ》ちするアリサの周囲には、無数の土の矢が浮かんでいる。

「誰が…………絶っ壁だああああああ！！！！」

――蒼き群狼の拠点は壊滅した。

まるで解体屋が仕事したように、拠点だけがきれいに瓦礫《がれき》と化した場所に、大勢の怪我《けが》人《にん》と局部を槍で斬り取られたランクリット、俺とリモア、モーラ、メイが残っている。

気を失ったアリサはシマが背中に乗せて、メリッサが連れて帰った。

メイとリモアは怪我人《けがにん》を回復魔法で治療している。

リモアのは血魔法《ブラッドマジック》なので、たまに俺の血を舐《な》めに来る。

「よかったな～、死ななくて。まあ、色々なくしたみたいだけど、人のものを奪おうとすれば、奪われる覚悟もしないとな。もうお前、契約の解除しとけ？　いいよな？」

ランクリットは俺の問いかけに、首だけコクコクとうなずく。

俺はメリッサから預かった俺たちの契約書、蒼き群狼からもらった契約書、合計二枚をランクリットに差し出す。

「む、無条件契約解除……」

モーラとランクリットが二枚の紙を同時に握り、ランクリットがつぶやくと、魔法陣が現れて契約書が燃え上がった。

「よし、大丈夫そうだな。メイ、そっちはどうだ?」

「死人はおりません。重傷者や後遺症《こういしょう》が残る者もおりません。その者だけは、出血を止めてあるだけですが」

「つくのか?」

「早期に高位の回復魔術師に見せれば。ですが間に合わないでしょう」

「まあ、仕方ないな。帰るぞ」

◇

で、俺たちが今どこにいるかというと、辺境伯の屋敷だ。

いくら街に被害が出なかったと言っても、あれだけの騒ぎになれば当然衛兵も出てくる。すぐさま領主の辺境伯に連絡が行き、辺境伯から事情を説明しに来てくれと言われた。

そして、辺境伯の謁見《えっけん》の間にいる。

「なるほど、ならば問題あるまい」

「いいのですか?　街中で騒ぎを起こしたのは事実ですが」

俺たちは六人並んで辺境伯に事情を説明した。

俺が遠慮《えんりょ》してそう言うと、辺境伯はニヤリと笑った。

「なら、一つ罰を与えるかな」

「何ですか？」

こっちに悪いことは何もないと思ってるのに、一歩引いて発言したら罰を与えると言われてしまった。

だが、辺境伯は笑顔だ。

「そう構えないでくれ。なに、簡単なことだ。ケーンズ王国の王と謁見《えっけん》してもらいたい」

「……本気ですか？」

全く予想外の罰だった。

「ああ、本気だ」

「普通、怪しい者は通さないものなんじゃ？」

「確かにそうだ。だが、ヨシトらなら大丈夫だ」

「そんなに信用を得られることはしてませんが」

「そうだな」

「なら、なんで？」

俺は何かと警戒するが、辺境伯は何かを企《たくら》んでるようには見えない。

「竜殺しがその気になれば、どこにいても危険は一緒だろう。そもそも王に危害を与える気なら、星を降らせばいい。そんなことができる人間を警戒しても意味はない。目の前だろうが離れてようが、危険度は一緒なのだから」

「……」

（なるほど、アリサの流星雨はもう誰もが知ってるレベルか。つうか、よくそれで……）

「一つ疑問が」

「申してみよ」

「そこまで危険と思われてるのに、なぜ俺たちを放置しているのですか？　普通、殺そうとしませんか？」

辺境伯は一瞬ギョッとしたが、すぐ大声で笑い出した。

「その通りだ。実際そういう動きもある。だが私が全力で止めている。ケーンズ王国が地図から消えるわけにはいかないのでな！」

「ずいぶん正直に言いますね」

「私は本心でヨシトらと友好を結びたいと思っている。もちろんお互いに打算もあるだろう。私だって多少はある」

「そこまで言いますか……」

辺境伯は肘《ひじ》かけを使って頬杖《ほおづえ》をつく。

「なあヨシト、人間知らないものは怖いのだ。それは王も貴族も同じだ。なら教えてしまえばいい。そうは思わんか？」

（至極《しごく》まともな意見だ。これは断ったほうが面倒が増えるくさいな。だが……）

「知ったから束縛したいと思うかもしれません」

また辺境伯は大声で笑う。

「なら滅ぼしてしまえ！　そんなやつは殺してしまえ！　ヨシトらにはその力があるだろう！　……だが我が王はそんなにバカではない。事実、ヨシトが私のところに来てから一年、何事もなかったろ？　それは、王が襲撃も懐柔《かいじゅう》も一切を禁止したからだ。何百年ぶりかの竜殺しだぞ？　王城にも呼ばないなど、そんなのあり得ると思うか？」

（そこまで言うとは。反論の余地がない）

俺は判断に迷い、メリッサの顔を見る。彼女は黙ってうなずいた。メイもモーラもうなずく。

「どうだ？　貴族にでもなってみないか？　多少の安心は手に入るぞ？」

「いや、それは遠慮します」

「だろうな。そう言うと思ってこの話をしなかった。だがいい機会だ、この際ヨシトらの存在を公《おおやけ》にしたらどうだ？」

「……」

辺境伯はニヤリと笑みを浮かべていたが、急にハッと目を開けた。

辺境伯は片手をグーにして、ポンと何かを閃《ひらめ》いたように手を叩《たた》く。

「そうだ！　それがいい！　なんらかの形でヨシトらの強さを見せれば、ヨシトらに手を出そうなどというバカがいなくなる！　一石二鳥《いっせきにちょう》ではないか！」

辺境伯は大笑いをした。俺は何を言ってるんだって気持ちだったが、うちの女どもは全員が嬉しそうだった。ただ、王との謁見《えっけん》の話もうやむやになったので、そこはホッとしている。

第三章　ヨシト、迷宮の最深部《さいしんぶ》に至《いた》る

ということで、準備を終えた俺たちは迷宮に潜った。

迷宮探索は順調に進む。

五十台の階層はもう野原を歩いているのと変わらない。

皆強くなった。

さすがに六十台になると三人が、七十台になると全員が真面目《まじめ》に動いた。

「ディフェンスオーラ！　オフェンスオーラ！」

「さんきゅ、メイ子！　今だよ！」

モーラの掛け声に、亀の魔物相手にアリサが槍をつき、メイが弓を射って、モーラがその顔を斬りつける。

とどめにメリッサが、全身を鞭《むち》のようにしならせて、掌底《しょうてい》を亀の横っ面《つら》に叩《たた》き入れる。

「通背掌《つうはいしょう》！」

亀の首はゴキッと音を鳴らし、真横に折れた。それと同時に亀は煙となる。

後には、ソフトボールよりでかい魔石と一メートルぐらいの亀の甲羅《こうら》がドロップした。

「よし、今日はここに泊まるぞ」

ここは七十九階層。

夜営をするのも三日目だ。

そう、ここまででまだ三日しか経っていない。

正直、リモアは別格だった。四姫桜も強い、本当に強いが、リモアは化け物だ。

二本の大剣を振り回しはじめたら、誰も近寄れないし、誰の修行にもならない。だから
リモアは途中から不参加にした。シマは今ではアリサの乗り物と化している。まあ、それ
はいい、ぶっちゃけオーバー戦力だ。

大部屋にいた亀を倒し、テントを三つ、テントの中にベッドを三つ、椅子とテーブル、
かまど、トイレ、五右衛門風呂セットを出す。

セットされた五右衛門風呂にメイが並々と水を注ぎ、風呂の下で薪《まき》を燃やして湯を沸《わ》か
す。薪《まき》を燃やした煙はモーラが風で室外に飛ばす。

食材を出し、アリサが米を炊《た》き、俺がおかずを作る。

リモアだけがフォークとスプーンを握り、足をプラプラさせながらテーブルで待つ。

なぜだ。

「お前……」

「リモアに食事を出すのは、契約だもんっ！」

「……」

飯ができる前に風呂が適温になった。

「じゃあ、ヨシト。アレを出して」

「まさか、こんな風に使うとは」

五右衛門風呂の周りに、低い位置で亜空間倉庫を出す。

全員が全裸になり、亜空間倉庫の上に立つ。

五右衛門風呂からお湯をくみ、それをかぶって石鹸《せっけん》で体を洗う。そしてまたお湯をかぶって泡《あわ》を流す。お湯は足元の亜空間倉庫に流れ落ちる。

そう、汚水《おすい》処理だ。

部屋の中が水浸《みずびた》しになるのを防ぐため、生物以外はなんでもしまえる特徴を利用し、汚水を亜空間倉庫に収納しているのだ。で、朝、部屋を出るときに汚水を捨てる。

こうすれば室内が水浸しにならず、テントも濡《ぬ》れない。

いい作戦だとは思うが、複雑な心境だ。

「お兄ちゃん、見ないでよ！」

「見てねえよ……」

アリサは体を隠す。いいじゃねえか、ちょっとくらい！　なんでこんなハーレム構成な

のに、一人で風呂に入らないといけないの⁉

全員が汗を流して飯を食う。

今日の献立《こんだて》は、作りおきしておいた餃子《ぎょうざ》とご飯、野菜スープだ。

飯を食べながらリモアが言う。

「次からがっ、ほんと～～のっ迷宮だよっ！」

「八十からか。そう言えば、八十階層からは、出てくる魔物がオリハルコン級になるんだっけ」

「そうだよっ！　それに一匹しか出ないよっ！」

「それはどういうことだい？」

モーラが問いかける。

「ん～～～とねっ！　わかりやすく言ったら、ボス部屋かなっ！　それがずっとだよっ！」

「一階層に一体で終わりなの？」

「そうっ！」

リモアが餃子《ぎょうざ》をパクつく。

「それってヨシト様」

「ああ、多分強いぞ。下手したら、リモアクラスだ」

「「「……」」」

俺たちが驚愕《きょうがく》している間も、リモアは餃子《ぎょうざ》をパクついていた。

◇

飯が終わり、それぞれテントに入る。組み合わせは俺とリモア、アリサとメリッサ、メイとモーラだ。シマは何も言わなくても、俺のところへ来る。

リモアが俺と一緒なのをみんなが大反対したが、リモアが契約だからと言うと、見てないところで吸血は絶対しないことを条件に、仕方なしに承諾《しょうだく》してくれた。その分、俺が睨《にら》まれるわけだが。

夜の見張りは要らないとのこと。前にリモアが、本当か嘘かわからないやつ――「魔物が来れば寝てても気づく」と主張していたが、俺以外は全員そうだと言う。いつの間にそんなに超人になったのか。

むしろわからないと言ったら、不思議がられた。こういうのはスキルじゃないらしい。感覚だと言う。あり得ん。

◇

朝飯を食べ、すべてを片づけて、汚水を部屋にぶちまける。

「よし、じゃあおりるぞ」

俺たちは八十階層に続く階段をおりた。

階段をおりてすぐに、大きな両開きの鉄の扉がある。

この先に魔物がいるのだろう。いや、いる。ものすごく嫌な予感がする。

メリッサは少し体をぶるっと震わせた。

「どうする？　やめるか？」

メリッサは俺をまっすぐ見つめる。

「やるわ」

「わかった。みんな行くぞ」

扉を押して開ける。

その部屋は体育館ほどの広さだ。

いた。虎だ。

【キラータイガー】
オリハルコン級魔獣
レアドロップは毛皮

キラータイガーは、こちらを見定めるようにしつつ、部屋の中央を歩いている。

――ゾクリ。

俺の背中に悪寒《おかん》が走る。

瞬間、虎の体がぶれる。突進してきやがった。

「亜空間倉庫！」

俺は咄嗟《とっさ》に亜空間倉庫を出す。だが、虎はぶつからず、むしろ亜空間倉庫を蹴って宙を舞った。

「行くよ！！」

モーラが走り出す。虎の着地にあわせて剣で斬ろうとするが、虎は着地と同時にモーラの背中に回り込み、爪を突き立てようとする。

しかし、そこにメイの矢が飛んできた。虎はモーラの背中に突き立てようとした前脚で、メイの矢を払いのける。

そして次の瞬間には、虎は横っ飛びした。虎がいた地点には、天井から土の鋭いつららが降ってきていた。アリサだ。

モーラは体勢を立て直し、メリッサと一緒に虎に突撃する。

「マスタァ、リモア、どうする？」

「もう少し様子を見ろ」

「わかったっ」

虎とモーラ、メリッサが打ち合っていると、虎は後方に飛び退《すさ》った。

「今です！　アイスルート！」

虎の着地点にメイの魔法が炸裂《さくれつ》する。虎は地面に氷で縫《ぬ》いつけられた。

「はああああ！」

「あああああ！」

モーラとメリッサが突撃する。

『ゴアアアアアア！』

虎は部屋が揺れるほどの大きな咆哮《ほうこう》を上げる。

メリッサとモーラはそれをもろに食らい、動きが止まってしまった。

「挟んでやる！　右手に炎、左に土！　火柱《ピラーフレイム》……と、ロックレイン！」

虎の腹の下から直径一メートルくらいの火柱が立ち上がる。そして、天井からは岩の雨が降り注ぐ。虎は数秒ほど炎に焼かれたが、氷が溶《と》けたために動き出してしまった。虎は腹が少し焦《こ》げたにすぎない。

虎は魔法を打ったアリサではなく、モーラとメリッサの目の前に瞬時に移動した。

「モーラ！　メリッサ！」

「「きゃあああ！」」

二人は虎の前脚の一撃で吹っ飛ばされる。

俺は二人に駆け寄ろうとしたが、虎と目が合ってしまった。

（まずい！）

「亜空間倉庫！」

虎の首めがけて亜空間倉庫を出すも、虎はそれを右に避けた。

「みんな！　時間を作って！」

アリサが叫《さけ》ぶ。

「ショックウェイブ！」

メイの矢が、虎の眉間《みけん》めがけて飛ぶが、虎は首をかしげて避けた。だが、虎の肩に矢が突き刺さる。

『ガアアア！』

「効いたよ！　レッグウインド！」

モーラは肩から血を流しながら、足に魔法をかけて虎に迫る。虎は明らかに動きが悪くなっている。

「第一門！　赤扉《しゃくもん》解放！！！」

ズドーーーーン！

メリッサから光の柱が立ち上がり、弾丸のように飛んだメリッサは、虎の横っ面《つら》を殴《なぐ》りつけた。

「はあああ！」

モーラがジャンプして、虎の首に剣を振りおろす。虎の首に鮮血《せんけつ》が走る。

「浅い！　あああああ！　発勁！」

ドン！

虎は横壁まで吹き飛んだ。

だが、まだ生きている。そしてアリサの瞳から色が消える。

《不浄《ふじょう》なる魑魅魍魎《ちみもうりょう》》

《洗い流すは浄化《じょうか》の波》

「モーラ、メリッサ！　引け！」

《我願う》

《はびこる悪《あ》しき御霊《みたま》を》

モーラとメリッサが全速力で俺のもとに戻る。

《蠢《うごめ》く愚《おろ》か者どもを》

《全てを彼方《かなた》に》

「土石流」

モーラとメリッサが戻るのを見届けたアリサの前で、天井まで届く土の津波が虎を襲った。逃げ場のない絶望《ぜつぼう》が虎を圧殺《あっさつ》せんと迫りくる。

ドドドドドドドドド！

土が全てを流しきり、部屋の奥の壁にぶち当たると、土は何もなかったように消えた。

そこには、ハンドボールほどの魔石だけが残っていた。

◇

八十一階層は、ＥＭＥＴＨのＥの文字が初めから削《けず》られているバカ硬《かた》いゴーレム。

八十二階層は、三体同時に倒さないと復活する触手《しょくしゅ》の化け物。

八十三階層は、火に完全耐性を持っていたトレント。

八十四階層は、骨を折っても折っても復活する巨大スケルトン。

そして、八十五階層は十の巣穴から無数に湧《わ》き出る一メートルほどの蜘蛛《くも》だった。

俺たちは体力がつきて、ここで夜営することになった。

リモア曰《いわ》く、八十階層より下は二十四時間リポップしないらしい。

俺は夜営の準備を一人でする。

「メリッサ、お前はここまでだ」

「っ！　嫌よ！」

「回復魔法で治るらしいが、いくら第二門までと言っても、毎回門を開けてたら体が潰《つぶ》れちまう」

「平気よ！」

だが、メリッサの手足は、回復魔法を受けても痙攣《けいれん》が治まらなくなってる。

「とにかくしばらくは休むんだ。いいな？」

「……」

「メリッサはここに死にに来たのか？　違うだろ？　修行に来たんだよな？」

「わかったわ……」

俺はみんなの顔を見る。

「どうする？　帰るか？」

「っ！」

反応したのはメリッサだ。自分のせいで帰ることになるからだ。

「あたしはまだ帰りたくない。……よくわからないけど、何かが見えそうなんだ」

「私もです、ヨシト様。できればもう少し進みたいです」

「モーラ、メイ、わかった。でも撤退《てったい》は俺が決めるぞ？　いいな」

「はい」

「わかったよ」

俺はアリサを見る。

「アリサ、大丈夫か？」

「……正直、ちょっと疲れたわ。私の魔力も無限じゃないのね」

アリサは珍しく、顔に疲労の色を浮かべて笑う。

今回の火力は、ほとんどアリサだ。アリサは唯一デメリットなしで完成している。使いどころは限定されるが、やはり魔法の火力は近接戦闘よりも高い。

特に八十二、八十四、八十五階層は、アリサがいたから進めたようなものだ。

モーラとメイは口には出さないが、最後のスキルがいまだに使えないのを気にしているようだ。アリサとメリッサはユニークスキルが発現してるのに、自分たちはユニークスキルらしきものが発現しない。俺がいない間も修行していただろうに、それでもアリサとメリッサだけが切り札《ふだ》を使えることにプレッシャーを感じている。

モーラもメイも、精神的にはかなり余裕がなくなってる。

「マスター？　そろそろリモアの出番～～？」

それに反応したのはモーラだ。俺より早くリモアに答える。

「いや、せめて九十階層まではあたしらにやらせて欲しい。もちろん命が大事なのはわかってるさ。でも、安全な修行じゃこの先には行けない……あたしは先に行きたい」

メイも答える。

「私は元々回復魔術師です。強さとは無縁《むえん》であり、なにより回復魔術師としてそれを求めてはいけないと思っていました。ですが、私にも違う未来があるとヨシト様に導いてもらい、考えが変わりました」

俺はメイの言葉を聞くと、つい言ってしまう。

「それって、良かったのかな?」

メイはゆっくりと俺のほうを向いた。

「わかりません。正直に申しまして、アリサやメリッサに嫉妬《しっと》している気持ちもあります。でも、私も未来を見てみたい。ヨシト様の進む道を一緒に歩きたい」

「強くなくても、俺と一緒にいられるぞ」

メイはゆっくりと首を横に振る。

「いえ、それは叶《かな》いません。ヨシト様がお許しになっても私が、私たちがそれを許せません。ヨシト様は必ず大きな道を歩く方。ヨシト様とともに歩くには、ヨシト様をお守りするには、力が必要なのです」

俺がメイ、モーラ、アリサ、メリッサと見回すと、全員がコクリとうなずいた。

「いや、俺が強く――」

俺の言葉をメイが遮《さえぎ》る。

「それに、ヨシト様のお子を身ごもったときに、自分の子を守るのにも力が必要です」

「……は？」

空気がガラッと変わる。

「そうだね。あたしも、あたしとヨシトの子供に自分の剣を教えたいよ」

モーラは顔を真っ赤《まっか》にしながら言う。

「照れるなら言うな！」

「私の子供は拳を継いでくれるかしら？」

「いや待てメリッサ、種族が違うと子供は――」

「お兄ちゃんはマスコットね、あっ、違うか。種馬ね！　私はすぐできるだろうから、さっさと仕込んでよね」

アリサがふざけたことを言う。

「お前は妹枠だろうが」

「いつまでそんなこと言ってるの？　ここは日本でもないし、DNA的にも問題ないのに。くだらないわよ？」

「いやいやいやいや、いくら幼馴染と言っても、ほぼ兄妹として生きてきたじゃねえか！」

「なに？　お兄ちゃん、私の魔法を継ぐ子は作らないつもりなわけ？」

「いや、だけどよ――」

メリッサが締《し》める。

「ということで、ヨシトは強くなくてもいいわ。頑張《がんば》ってね、た・ね・う・ま・さん」

「つうか、種馬って酷すぎだろ！　せめて人権を寄越せよ！！！」

全員が笑顔になった。

だが、もの悲しいような、子供を見つめる母親のようなリモアが、俺の視界には入っていた。

◇

【シンドー・ローパー】
オリハルコン級悪魔
レアドロップは黒金剛石

「メイ子！　援護《えんご》を！　レッグウインド！」

「ディフェンスオーラ！　オフェンスオーラ！」

「食らいなさいよ！　ファイアーアローレイン！」

二メートルほどの円柱みたいなものから、何本もの触手が蠢《うごめ》く、どこかで聞いたことがあるような名前の魔物だ。

アリサの無数のファイアーアローレインを追いかけるように、モーラがローパーに斬りかかっていく。

俺たちは昨日、二十四時間ギリギリまで休憩《きゅうけい》を取った。リポップを気にしなくていいのは大きい。おかげでかなり体力の回復が図れた。

そして八十六階層におりると、このローパーがいた。ローパーを見てエロいことを想像してしまうのは、俺が悪い訳じゃないと思う。

昨日より手応《てごた》えがないのが、余計な考えが出てしまう要因か。

やはりここも体育館並みに広い空間だ。多分八十階層以降は、全部この造りなんだと思う。

「強くない、強くないけど、それにしても手応えがなさすぎるよ！」

モーラが叫《さけ》ぶ。

「ダメージが通ってません！」

「ヨシト、私も――」

「ダメだ」

メリッサが行きたがるが、俺は許さない。

するると、ローパーの触手がモーラの剣に絡みついた。

「えっ？　きゃあああ！」

モーラが剣から手を離した。

ミスリルの黒い剣が、ローパーの触手の中で粉々《こなごな》に砕《くだ》け、柄《つか》が床に落ちる。

「ヨシト！　乾坤一擲《けんこんいってき》は使わない！」

「……わかった。行け」

「はあああああ！」

メリッサはモーラと入れ替わり、ローパーに突っ込んでいった。モーラが俺のところに来る。

「ヨシト、剣を貸して！」

「何があった？」

「わからない。でもなんかすごく震えたよ。感じたことがないくらいに小刻みに。あたしも初めての経験さ」

「……ん？」

シンドー・ローパー？

振動・ローパー!?

「マジか！！！　バイブがあるのか！　つうか、振動で剣の分子結合を破壊されたのか⁉　メリッサ！　戻れ！！！」

　どっかの歌い手をもじったクソネタかと思ったら……

　もし予想通りなら、近接系には鬼門《きもん》だ。掴まれたら一巻の終わりだ。

「メイ！　遠距離で牽制《けんせい》を！　アリサ、弾幕《だんまく》を張れ！」

「あいつ、魔法が効きにくいのよ！　白光《びゃっこう》使っていい⁉」

「こっちが死ぬだろうが！　とにかく数を打って近寄らせるな！　メリッサ！　メリッサ！！！！」

　メリッサは戦いに夢中なのか、聞こえてないようだ。

「手間かけさせやがって！　亜空間倉庫！　くっ、……亜空間倉庫！」

　俺はメリッサに向かって走り出し、ローパーを輪切りにするために亜空間倉庫を出すも、ローパーは胴体をグニャリと曲《ま》げて避けた。どれだけ軟体《なんたい》なんだ。

　仕方なく、ローパーとメリッサの間に亜空間倉庫を展開した。

「ヨシト！」

　俺が出てきたことに気づいたメリッサが、俺に向かってくる。

　アリサとメイの魔法が、ローパーの本体を俺から遠ざけようと、散弾《さんだん》のように降り注ぐ。

　俺に向かってくるメリッサの背に、ローパーの触手の一本が伸びている。俺はギリギリメリッサの手を掴むと、ぶち倒して、覆《おお》い被さった。

「ぐあっ！」

「ヨシト！」

パンッ！

ローパーの触手が触れた俺のふくらはぎは、風船が割れるように弾《はじ》けた。

「お兄ちゃん!?　うらあああぁ!!」

ズドドドドドドド!!

アリサは全力で石の礫《つぶて》をガトリングガンのように放ち、ローパーを部屋の最奥《さいおう》まで吹き飛ばした。

メリッサは俺を担《かつ》いで、モーラやメイのいる位置まで下がった。

「ヨシト様ああああ！」

「ヨシト！」

俺を担《かつ》いできたメリッサに、メイとモーラが駆け寄る。

メリッサが俺に一番高いポーションをかけようとするが、メイが止める。

「ダメです！　先に回復魔法をかけます！　そのあとに！」

「っ！　わかったわ！」

「お兄ちゃん！」

「ヨシト！」

アリサは俺を気にしながらも、ローパーに弾幕を張り続ける。

モーラは俺の腿《もも》を掴み、血の流れを止めようとする。

リモアは何もせず何も語らず、ただ宙に浮いていた。

メイが俺に魔法をかける。メイは涙をこぼしている。

「再生《リジェネレーション》！」

（……じり貧《ひん》だ。近接は危険、魔法は効きにくい。遠距離での物理攻撃が得意なメイに賭《か》けるしかない）

「……メイ、よく聞け。俺は大丈夫だ。あいつを倒せるのはお前しかいない」

「っ！」

俺はメイの弓に全てを託《たく》す。

【一意専心】
必中効果
最大魔力の三分の一を使い、次のいかなる手段をも三倍の効果にする
「構えろメイ、お前の力を開く」
「はっ、はい！！！」

メイは左手に持っていた矢を構え、矢をつがえる。

弓を構えるメイの背中に、俺は体を引きずるように移動して手を添える。

「これは、っつ！　盲目《もうもく》的なお前にぴったりのスキルだ。集中するんだ。全てを消せ。音も光も、俺さえも消すんだ。何もかも忘れて、敵を倒すことに集中しろ」

「……はい！」

俺はメイの背中に優しく手を添えたまま、静かに語りかける。

「意《い》を一《いつ》にし、心《こころ》を専《もっぱ》らにす。これすなわち、一意専心なり」

俺が極意《ごくい》のように一意専心の意味を語ると、メイは矢をつがえたまま、俺の言葉を噛《か》み締《し》めるように復唱《ふくしょう》する。

「いを、いつに……こころを、もっぱらに………」

矢をつがえるメイの唇《くちびる》が、わずかに震えている。メイは少しだけ呻《うめ》き声のように言葉を漏らす。

「おとも、ひかりも………ヨシト様……」

メイが瞳を閉じる。

突然、メイの周りだけに凍《こお》ったような空気が流れる。

キーンと耳鳴りがしそうなほどの静寂《せいじゃく》。

数秒の時が流れる。

そして、メイは、カッ！！！　と目を開いた。

「これすなわち、一意専心なり！！！！」

キュウゥウゥウイン、ズバーーーーン！！！

メイの右目の瞳に、龍の紋章《マザーエムブレム》が宿り、メイを中心に白色の光が溢《あふ》れる。

周囲を白く染める光が、メイの弓に吸収されていき、その弓がプリズムのようなまばゆい光を放つ。

「わかる、ヨシト様……、ああ、あああああああ！！！」

「一意専心！！！　虚無《ニヒリスティック》！！！」

メイから放たれた矢は、七色の尾を引きながらまっすぐにローパーに向かっていく。

矢先がローパーに触れるか触れないかあたりで、矢先を中心にブラックホールのような渦《うず》が現れ、そのブラックホールを矢が貫きつつ、ローパーをも巻き込みながら吸い込まれていく。

ローパーは螺旋状《らせんじょう》に伸びつつ、ブラックホールに吸い込まれていった。そして、欠片《かけら》も残さず、魔石も残さずに消えた。

◇

あれから四十八時間近く経っている。

メイは一意専心をしたあとぶっ倒れた。

最大魔力の三分の一を使ったのだが、一意専心をする前から三分の一ギリギリだったのだろう。

そして、この四十八時間をどう乗り越えたのかを箇条書《かじょうが》きで説明しよう。
・俺の怪我《けが》の治療を済ます。
・自分のせいだと泣きじゃくるメリッサを落ち着かせる。
・飯、風呂などを済ます。
・みんなが眠りについたころ、メイ起床。
・メイに叩《たた》き起こされるも、もうすぐ二十四時間なので、部屋の隅《すみ》にみんなで固まる。
・リポップ、即、一意専心、虚無。
・風呂、飯などを済ます。
この流れだ。

メリッサからは、助けてもらったお礼と勝手に飛び出したお詫《わ》びをしつこいくらいされた。

それと、俺が怪我《けが》したため、ここからはシマに乗るのは俺ということになった。まあ、ステータスから見てもそれが無難《ぶなん》なのだから仕方ないだろう。

そして、八十七、八十八階層だが――


「ヨシト！　切りがないわ！」

「わかってる！」

八十七階層は、体育館が埋《う》め尽《つ》くされるほどの、骨、骨、骨だ。

単体だと銀級～金級程度なので、俺でも対処はできるが、地面だけでなく、空にも鳥型の骨が無数にひしめいている。

「お兄ちゃん！　メイを借りるわ！」

「早く頼む！」

アリサはメイにボソボソと話すと、二人は手を繋いだ。

すると、いつものアリサの「こじらせちゃってんな‼」って詠唱ではなく、乙女《おとめ》のポエムのような詠唱が始まった。

いや、これも「こじらせてる」が。

アリサの目の色が消える。

《借りてきたのは猿《さる》と猫》

《そのまどろみに身を委《ゆだ》ねる》

《十五の瞳の乙女たち》

《幸福をもたらし、安住の地を知る》

アリサとメイが交互に唱え、最後に一緒に――

《祈りなさい。今、福音《ふくいん》のとき》

アリサは右手を、メイは左手を繋いだまま、前に突き出した。

「『陽光』」

真っ白な太陽のように、一メートルほどの光の玉が、アリサとメイの前に現れる。

だが、熱は感じない。

それは、体育館のようなフロアの天井の中心に勢いよく飛んでいき、ピタリと止まる。

すると、周りに天使のようなものが七人現れ、太陽を中心にくるくるとゆっくり回り出す。

数秒経つと、太陽の下部に大きな目が開き、瞬間、太陽が体育館全体を白くするほど光輝く。

俺たちもあまりの眩《まぶ》しさに目を瞑《つぶ》る。

光が収まると、無数の魔石が床に転《ころ》がっていた。

天使と太陽は、「うふふふ」「あははは」と笑いながら消えていった。

「どう？　お兄ちゃん!?　メイの回復魔法との複合魔法よ！」

「いや、こえーよ……、なんだよあの目玉は」

「あたしは、こっちも浄化させられると思ったよ」

「あれね、あの目玉がメイっぽいわ」

「魔物かなっ⁉」

アリサとメイに言葉はない。珍しくメイは頬《ほお》が赤い。

（そんなに照れるほど恥ずかしいならやるなよ、メイ……）

◇

そして、八十八階層――

【ゾンビサイクロプス】
オリハルコン級屍魔
レアドロップはなし

「メイ！　もう一度『陽光』よっ！」

メイは無言でイヤイヤをする。

メイにはトラウマになるくらい恥ずかしかったのだろう。

「だろうな、俺も勘弁《かんべん》願いたいわ……」

「メイ子！　補助魔法を！」

「ホーリーオーラ！　ホーリーオーラ！」

俺が貸したミスリルのサーベルが、白く輝いて浄化の力を得る。メリッサの籠手《こて》にもホーリーオーラが宿る。

ゾンビサイクロプスは、巨体で動きが鈍《にぶ》い。高さは十メートル以上ある。

ゾンビサイクロプスの攻撃は、当たればただではすまなそうだが、うちの面子《メンツ》なら問題ないだろう。だが、ほとんど攻撃が効かないし、効いても再生してしまう。

そこでアリサは『陽光』をしようとしたのだが、メイは二度とやる気がないらしい。

「俺もやるか！　シマ、やつの周りを回れ！」

『ウォン！』

「亜空間倉庫！　亜空間倉庫！」

シマはゾンビサイクロプスを撹乱《かくらん》するように動き、俺は亜空間倉庫を放つ。

亜空間倉庫は当たる。だが、切断面が再生してしまう。無駄骨《むだぼね》だ。

すると、メリッサが靴《くつ》を脱《ぬ》いだ。

「私がやるわ！　ヨシト、足場を！」

俺は、メリッサが亜空間倉庫を足場にして、ゾンビサイクロプスの頭まで飛び上がるつもりだと察した。

「亜空間倉庫！」

メリッサは大きく飛び上がり、亜空間倉庫を足場にして、さらに跳《と》んだ。

ゾンビサイクロプスの巨体の頭の高さに達する。

「あああああああ！！！　聖光連弾！！！」

ホーリーオーラをまとった籠手《こて》で、メリッサ自身も門を開けずに仙気を練り、落下しながら拳の連弾をゾンビサイクロプスに浴びせていく。

スタッ！

メリッサの着地と同時に、ゾンビサイクロプスの動きが止まった。

「スカイハイ！」

モーラも飛び上がると、ゾンビサイクロプスの脳天から地面まで、まっすぐ斬り下ろした。

ホーリーオーラをまとった剣は、ゾンビサイクロプスを真っ二つにする。

ゾンビサイクロプスは煙となった。

「ふう……ヨシト、この剣はいいね。脆《もろ》そうに見えたけど、斬れ味が凄《すご》いよ。あたしもこれにしようかな」

「とりあえず貸しとくよ。俺は迷宮じゃ使いそうもない」

「ありがとう」

次は、八十台の終わり、八十九階層だ。

◇

とうとう八十台の終わりに着いた。
八十九階層の鉄の扉の前に立つが、今までのような気配を感じない。
八十六～八十八までは比較的楽なのが続いた。八十九もサービスタイムなのだろうか。
俺たちは、一応警戒しながら扉を開く。
……いない。
何もいない。
やっぱりサービスタ――
ドーン！
俺に何かがぶつかり、シマの背中から鉄の扉まで吹き飛ばされた。
「っう～！　なんだ今のは！」
「ヨシト！　なんかいる！　小さいわ！」
どうやらメリッサは目で捕捉《ほそく》したようだ。敵の動きに合わせてキョロキョロしている。
俺を守るように、モーラたちが前に出る。

「あっ！　お兄ちゃん、あそこ！！！」

体育館くらいの室内の真ん中の床に、バスケットボールより小さいくらいの毛玉がポンポン跳《は》ねている。

キリキリ……シュン！

メイが無言で放った矢を、まるで「見切った！」と言わんばかりに最小限の動きだけで避け、再びこちらをバカにしたようにポンポン跳《は》ねる。

「やろう……亜空間倉庫！」

俺は毛玉を半分に切るつもりで、亜空間倉庫を床と水平に十個ほど展開したが、毛玉は亜空間倉庫の上に乗り、ポンポン跳《は》ねる。

「……」

（……俺の亜空間倉庫、もうまったく通用しねーんだけど。マジでインフレが加速しすぎだろ）

「お兄ちゃん、もうやくたた――」

「言うな、アリサ」

正直、ここまでくると、俺とシマの戦闘力は空気だ。修行とはなんだったのか。

（鑑定）

**【ケテランパタラン】
オリハルコン級魔獣
レアドロップは体積分の羽毛**

「とりあえず、攻撃力は低そうだ。各自散開！」

「はい！」

メリッサとモーラが走り出すが、毛玉はまた見えないほど早く跳《と》びはねる。

「きゃあ！！！」

「あっ！！！！」

モーラとメリッサが、毛玉にカウンターを食らったように吹っ飛ぶ。

だが、あまりダメージにはなっていないようで、すぐに起き上がった。

「ファイアーアローレイン！」

ならば数打ちゃあたると、アリサが魔法を唱えるも、まったく当たらない。

「うあっ！」

「くっ！」

モーラとメリッサはサンドバッグだ。右に左に弾かれまくっている。

モーラは剣を縦《たて》にして、突っ込んできた毛玉を斬ろうとするが、毛玉にはまったく効果がない。

「モーラ、メリッサ、下がってください！」

メイの声に二人が下がる。

メイは真剣な表情で目を瞑《つぶ》る。

「……絶対零度《アブソリュート・ゼロ》」

メイの本気のアブソリュート・ゼロが、床からピキピキと凍《こお》らせていく。それはメイより先にあるもの全て、壁も天井をも凍《こお》らせる。

「「「「……」」」」

毛玉は部屋の中央で、元気よくポンポンと跳《は》ねている。

どうやら、毛玉だけに寒さには強いようだ。

「狙いは悪くなかったんだけどな」

「さ、寒い……」

全員がガタガタと震えている。俺たちの周りは凍《こお》っていないが、俺たちは全員薄着だ。

モーラとリモアなんて酷いもんだ。

寒さで動きを鈍《にぶ》らせるつもりが、こっちが動けなくなっている。

「お兄ちゃん、もう白光しかないわ」

「わかった。俺の亜空間倉庫で俺たちを囲う。なるべく遠くに撃て」

「わかったわ」

　アリサが両手を前に突き出す。

　アリサの手の甲にある龍の紋章《マザーエンブレム》が光輝く。

《太陽の友、ソドムの送り火》

《空を朱に染め上げ》

《大地を白く塗り変えよう》

「っぎゃっ！！！」

　アリサは詠唱の途中で体がくの字に折れ曲がり、壁に吹き飛ばされた。

「アリサ！」

「アリサ！」

　俺はアリサを抱きかかえ、メイが回復する。

　そこからは蹂躙《じゅうりん》が始まった。

「がっ！」

「きゃあ！」

「うっ！」

「きゃ！」

　見えないほど素早く動く毛玉のタックルを、全員が貰《もら》いまくる。一撃一撃はたいしたことないが、こうも食らうとダメージは蓄積《ちくせき》する。

隙《すき》を見てアリサが詠唱を始めようとしても、タックルで止められていた。

俺は限界だと思い、全員を部屋の隅に集め、亜空間倉庫をかまくらのように作り、身の安全を図った。

とりあえずは危機を回避《かいひ》した。

「ヨシト、乾坤一擲《けんこんいってき》なら多分ついていける」

「ダメだ。見た感じ、あのドラゴンより速い。また四つも開けるわけにはいかない」

「でも……」

「アリサ、詠唱をこの中でして、亜空間倉庫を解いた瞬間に魔法を撃つのは？」

モーラがそれを否定する。

「ダメだよ。もしそれで魔法を撃てたとしても、ヨシトがあたしらを守るために展開した亜空間倉庫の中に逃げ込まれたら、焼き殺せないよ。さらに、その中で暴れられたらどうなるか……」

「なるほど」

俺は思いつく。

「あっ、メイ、一意専心は必中だろ？　ここから一意専心で弓を射ってみよう」

「かしこまりました」

俺はかまくらの亜空間倉庫に、少しだけ穴を開ける。

メイは弓を構え、キリキリと絞《しぼ》る。

数秒、静寂が充満すると――

「一意専心、虚無」

ヒュン！

毛玉に勝《まさ》るとも劣《おと》らない速度で飛ぶプリズム色の矢は、七色の尾を引いて毛玉に向かっていく。毛玉はそれを避けるが、矢は追尾する。

室内を縦横無尽に逃げ回る毛玉、それを追うメイの矢。

バキッ。

小さい音がした。床には、折れた矢が落ちていた。

「ダメか。必中ってこういう感じなんだな。折られたら終わりか。ゲームみたいに本当の百パーセントとはいかないいな」

「申し訳ありません」

「いや、メイのせいじゃない」

俺は最後の手段に出る。

「リモア」

「ん？」

「やれるか？」

「いいのっ？」

「ああ」

「おっけ〜〜っ！」

俺がリモアに任せようとしたら――

「待って！！！」

モーラが叫《さけ》ぶ。

「……あたしにやらせて」

モーラは珍しく厳《きび》しい目で俺を見る。

「お願いだよ。……あたしはくすぶりたくない！　前に進みたい！！！　こんな……速いだけの敵に負けるわけにはいかない！！！」

「……」

（確かに命に別状はないかもしれない。……やらせてみるか）

「わかった。行け」

モーラは、目を大きくして、満面の笑みを浮かべる。

「ありがとう！！！」

亜空間倉庫を一時的に解除して、モーラだけこのかまくらから出した。

◇

モーラは俺の剣を両手で握り、毛玉と対峙《たいじ》する。

「うっ！」

「ぐふっ！」

「あっ」

「っ！」

サンドバッグだ。

だが、モーラの心は折れない。

絶対に剣を離さず、時にはやみくもに、時には狙いを定めて剣を振る。

「あたしは……」

ドスッ！

「あたしはあああ！！！」

ドカッ！

十分は経っただろうか、モーラの小麦色の肌でもわかるくらいにアザがたくさんでき、剣を持つ腕も下がってきた。

ふと、毛玉は動きを止めた。

そして、モーラをバカにするようにポンポン跳《は》ねると――

ガキン！

毛玉の姿はハリセンボンのように毛が逆立《さかだ》って固まり、モーニングスターの鉄球のようになった。

まずい。あんな奥の手が。

俺はかまくらに穴を開けた。

「モーラ！！！」

「来るな！！！」

モーラはかまくらに背を向けたまま、振り向かずに怒鳴《どな》る。

「これはあたしの戦いだっ！」

「ダメだ、死んじまう！　……リモ――」

「邪魔《じゃま》したら死ぬ！！！」

「っ！」

モーラは振り向かない。

「あたしは、こんなところで足踏みするために故郷を捨てたわけじゃないんだ！！！」

「あたしは……巨人族をなめるなあああああ！！！」

ブァァァァァ！！！
モーラの周りに風が吹き荒れる。
剣にも風がまとわりつき、モーラも風に包まれる。
俺は察した。明鏡止水《めいきょうしすい》が発動したのだと。

【モーラ＝ドーランド】
名前：モーラ＝ドーランド
年齢：24／性別：女／種族：ハイヒューマン／レベル：69
称号：舞姫
STR：S＋／VIT：S＋／DEX：S／AGI：S／INT：A／MEN：B
スキル：剣術（レベル10）／盾術（レベル6）／風魔法（レベル9）
種族スキル：タウント・ロア／頑健
潜在スキル：明鏡止水

だが、俺の予想を裏切り、明鏡止水は発現していなかった。

「はあああああ！　タウント・ロア！！！」

ウオオオオオオオオ！

モーラはどこにいるかわからない毛玉に向かって、首を振るように咆哮《ほうこう》を振り撒《ま》く。

「スカイハイ！　リフレクシー！！！」

風の魔法の飛行呪文と、反応を早める呪文を唱え、モーラは舞い上がる。

そして、いきなり振り返り、剣を振り抜いた。

毛玉はモーラから後退するように剣を避けたため、一瞬その姿が俺にも見える。

（うそだろ？　見えたのか？）

また毛玉は姿を消した。

「ふんっ！！！」

モーラが気合いを入れると、肩から鮮血がほとばしる。

おそらく頑健《がんけん》のスキルを使って、毛玉鉄球のタックルを耐えたのだろう。

そこへモーラは真横に剣を振る。

すぐさま反対側を向き、剣を振り落とす。

（す、すげえ……、当たってはいないけど、まじで見えてるのか？）

モーラが壁を蹴り、床に着地すると、剣を床にドスッ！　と突き刺し、両手で柄《つか》を握りしめる。

「つ、ワールウインド！！！！」

視認できるほどの濃密《のうみつ》な風の刃が、モーラを中心に竜巻のように舞う。

すぐさまモーラは剣を握り、真上に剣を突き上げた。

毛玉はまた後退して、モーラの剣を避けた。モーラはそれを追うように宙に舞い上がる。

モーラは反応している。だが、毛玉に攻撃は当たらず、モーラの体にはどんどん傷が増える。

鮮血は流血となり、モーラが動く度に血が飛び散る。

「うらあああああああ！！！」

俺は剣については詳しくない。だが、今のモーラはがむしゃらに振り回しているようにしか見えなかった。

「うぐっ！！！」

「モーラ！」

とうとうモーラは、腹にまともに毛玉を食らい、くの字に折れて吹き飛んだ。

俺は一時的に亜空間倉庫を解除して、モーラに駆け寄る。

すぐさま、またかまくらを作ろうとしたが、涙を流して援護する女たちを止められなかった。

「うあああ！　ファイアーランス！」

「アイスプリズン！　アイスアロー！」

「第二門、橙扉《とうもん》、解放！！！」
リモアは落ち着いた顔で俺の顔を窺《うかが》っている。自分がやってもいいのかと。
「モーラ！！！」
俺は仰向《あおむ》けで倒れるモーラを抱きかかえる。
モーラはまだ意識があった。
「……もう、すこ……し……もう少しなん……だ……」
モーラの頬《ほお》に涙が流れる。
俺はモーラをもう戦わせたくなかった。
だが、八十六階層で四十八時間休んだとき、リモアと二人で話した言葉が脳裏に甦《よみがえ》る。
《みんなはマスターのおまけじゃないんだよ》
《みんなそれぞれ考えがあるの》
《マスターは甘やかしてるだけ》
《やれることは自分たちの力で乗り越えなきゃ》
《それはマスターも同じ》
《マスターはまだ修行中なんだよ》
俺は決意する。
「モーラ、立つんだ」

俺はモーラを抱き起こす。

「ここを乗り越えなきゃ、お前は終わりだ。立て、死んでも立て」

「ヨシト……」

モーラは俺の肩を掴みながら、よろよろと立ち上がった。そして、俺に微笑《ほほえ》みかける。

「ヨシト、ありがとう……。ねえ、もし勝ったらキスしてくれる？」

「ああ。たっぷりしてやる」

モーラの腹から血がどくどくと流れる。

後ろでもアリサやメイ、メリッサの悲鳴が飛び交う。

剣を杖のようにして立つモーラに俺は言う。

「モーラ、構えろ」

「……」

モーラは中段に剣を構える。

「荒ぶってはダメだ。心を落ち着けるんだ」

モーラは俺の言葉を聞き、目を瞑《つぶ》る。

「静まり返る水面、まっさらな鏡のように心を平《たい》らにしろ」

モーラは体のふらつきをピタリと止めた。

「人、流水なく止水こそ鏡とす。不動の心こそ、全てを穿《うが》つ眼なり。すなわち、明鏡止水」

モーラは俺の言葉を黙って聞く。
モーラの頭の中には、まっ平らな水面がイメージされる。
ピチョーーーーン。
雫《しずく》が落ち、水面が波打つ。
ピチョーーーーン。
水平な鏡に、雫《しずく》が落ち、水滴が跳《は》ね返る。
ピチョーーーーン。
何事にも波紋《はもん》を残さず、ただ、心静かに。

【明鏡止水】
全ての能力を三段階あげる
人類が到達できる万能の極地《きょくち》

スゥーーー……
モーラは目を瞑《つぶ》ったまま両手を広げ、足を閉じ、空中浮遊《ふゆう》のマジックのように二十センチほど宙に浮かび上がる。

モーラの豊満《ほうまん》な左の胸の上には、龍を象《かたど》った紋章が、静かに、それでいて力強く光を放っている。

そして体には、目で確認できるほどの濃密な、それでいて優しいうす緑のオーラがまとわりつく。

モーラはゆっくりと目を開き、動き出す。

見えている、モーラの体は見えているのに、どう移動したかわからない。

ゆっくりと動いているようなのに、すでにそこにはいない。

モーラはアリサの近くで剣を振っていた。

毛玉の表情はわからないが、ギョッとしているようだ。

毛玉はモーラから逃げる。

モーラはそれを流れるように追う。だが、そう見えているだけで、ものすごい速さで移動している。

まるで一切の無駄を省《はぶ》いたような、そんな動きだ。

毛玉は逃げに徹している。

毛玉の動きも見える。

モーラは毛玉の動きを予測して、退路《たいろ》を塞《ふさ》ぐようにスムーズに移動している。

カキン！

モーラの剣がとうとう毛玉に当たった。

カキン！

カキン！

カキン！

モーラの顔は悟りを開いたかのように穏《おだ》やかだ。

そして、毛玉のとげを優しく斬り落としていく。

何度も、何度も。

すると、モーラは床におり立ち、立ち止まった。

同時にこの体育館のような空間の一番奥に、さっきまで戦っていた毛玉が、十メートルほどに巨大化して現れる。それも、毛玉ではなく、とげ鉄球のバージョンだ。

モーラは片ヒザをつき、居合《いあ》いのように左腰に剣を構え、両手で柄《つか》を握る。

一方の巨大なとげ鉄球は、その大きさからは考えられない速度、まるで弾丸のようにモーラに向かって突撃してくる。

質量で押し潰《つぶ》すつもりだ。

モーラが口を開く。

「明鏡止水、二極が一つ、静の極《きわ》み……『断空』」

見えなかった。

既にモーラは、剣を右手で水平に振り抜き終えている。

とげ鉄球はまだモーラに到達していないが、モーラの十メートルほど手前で止まった。

するととげ鉄球は、ゆっくりと真ん中からずれはじめ、真っ二つになったあと、煙となった。

後にはバスケットボールほどの魔石と、巨大とげ鉄球サイズの羽毛の固まりが残った。

◇

今日はここで夜営だ。

モーラは出血が酷かったものの、ぶっ倒れたりこそしなかったが、キスしてとせがまれたので優しくキスをすると、意識を失った。

俺は一人で考え込む。

――これでとうとう全員のユニークスキルが揃った。なかなかバランスが取れた構成だと思う。特化タイプはアリサとメリッサ。特化タイプは使いどころが難《むずか》しい。

アリサは魔法だが、強力なものは場所を選ぶし、自滅《じめつ》こそしないが周りの俺たちは守らなければ死ぬ。メリッサは龍とタイマンできるほどの近接能力だが、使いすぎれば下手したら死ぬだろう。

メイとモーラは万能型だな。多分一撃の威力《いりょく》は特化タイプの二人には届かないが、メイのなんでもできる感は半端ない。それに、ユニークスキルが気軽に使えるのも大きい、遠距離型の万能型ってやつだな。モーラのはまだ細かくはわからないが、みんなみたいにぶっ倒れなかったことから、デメリットはないか、少ないのだろう。それにバリバリ強い。メリッサの第四門とどっちが強いかな？　魔法も強化されるみたいだが、近接系の万能型って感じだな。

俺は飯のおかずを作りながら、そう考えていた。

「……ト」

――八十台の階層の魔物は確かに強かったが、攻略法があるようにも見えた。九十台になったらまた敵の強さが一段あがるんだろ？　オリハルコン級の上か。この流れだと金属だよな？　ラノベ定番ならアダマンタイト？　あれってオリハルコンの上なのか？　まあ、とにかくユニークスキルを覚えられたんだ。もうリモアは解禁だな。さすがにここからは、全力出さないナメプとかあり得ない。

「……シト」

――しかし、モーラもやっぱり何か抱えてるな。メイもモーラも冒険者の目的を聞いたとき、ノーコメントだったたし、モーラはなんか意味深《いみしん》なことも言ってたし。メイも何かあるんかな。

「ヨシト！！！！」

「っ！」

メリッサに大声で呼ばれてやっと気づいた。

「それ、焦《こ》げてるけど」

「ん？　あっ！！！！」

モーラの血を作るための、特製にんにくチーズステーキ五百グラムが炭ステーキになった。

◇

食卓を囲み、みんなで飯を食う。

炭ステーキは一応食卓に置いてある。誰も食わないけどね。

「それにしても、モーラのあれはチートね。真のチートよ」

一番のチートのアリサがそんなことを言う。

「それはお前だろ……」

アリサはフォークとナイフを持ったまま、テーブルをタン！　と叩《たた》いた。

「だって、あの紋章はチートすぎるわ！　ただでさえ目立つのに、あんなとこに紋章が出たら、みんな釘付《くぎ》けじゃない！！！」

「「「「…………」」」」

それは、チートとは違うと思う。

「あー、アリサ――いやなんでもない」

俺はアリサに睨《にら》まれたので、その先を言うのをやめた。

「自分で振ってるくせに」

「うるさいわね、メリッサ」

「本当、小さ――」

「やめなよ、メリッサ。あんたら、いつの間にそんなにいがみ合うようになったんだい？」

モーラがメリッサを止めると、メリッサとアリサは顔を見合わせた。

そしてなぜか二人とも顔が赤くなる。

「何もかもお兄ちゃんが悪い！」

「何もかもヨシトが悪い！」

（そんなとこだけハモるんじゃねーよ……）

「一体俺が何をした？」

二人はまた顔を見合わせる。そして顔を赤らめる。

俺はちょっとピンときた。だがアリサの顔が般若《はんにゃ》のようだったので、言葉にすることはやめた。

今が夜かどうかもわからなくなってきてるが、みんなで眠りについた。

◇

目覚めると、出発する前に会議を開く。

「リモア、今日から戦ってくれ」

「おっけ〜〜っ！　まっかせてっ！」

「みんなもいいな？」

俺は一人ずつ確認する。

「そうだね、ここからさらに強くなるんだ。手を抜いてる場合じゃない。あたしは賛成だよ」

「私もです。全体的に怪我《けが》が多くなりました。私はここからは補助に徹します」

「頼む、メイ」

「私はいつも通りよ。やることをやるわ」

「私は――」

「お前はダメだ、メリッサ」

「っ！！」

俺はメリッサを止める。

「理由はわかるよな？」

「……」

メリッサは結局、乾坤一擲《けんこんいってき》を使いまくっている。確かに使う必要があったからだろう。でも戦えばそうなってしまうなら、さすがにこれ以上はダメだ。

「メリッサはリモアの代わりに俺を守ってくれ」

「……わかったわ」

◇

九十階層におりた。

リモアも、どのくらいできるかわからないから、とりあえず一人でやらせてくれと言うので、やらせてみた。

結果から言う。

瞬殺《しゅんさつ》だ。

十秒かからない。

鑑定をしてみるも、魔物は予想通りアダマンタイト級だった。

だが、それさえも瞬殺だ。

リモアが言う風ちゃんと雷ちゃん――二メートルほどの大剣、風神と雷神を両手に持ち、ヴァンパイアの特性である力の強さでなぎ倒す。前に立つものには、必然のような死が与えられる。

今は九十三階層なんだが、鋼の筋肉と言わんばかりのミノタウルスと、リモアはやりあっている。

【レジェンダリーミノタウルス】
アダマンタイト級魔獣
レアドロップは角

九十一階層から九十二階層に進むとき、リモアに聞いてみた。

「お前、ギリギリとか言ってなかった？」

「そお～～なのっ！　多分、マスターの力かなっ！」

「……どういうことだ？」

「ほらっ！　ＬＩＮＫができるほどっ、愛されちゃってるからっ！　……やんっ！」

リモアは顔を手で覆い、もじもじと恥ずかしがる。

「……」

「ヨシト様、私とＬＩＮＫできないのは、足りないからでしょうか」

「っ！」

余計なことを言うと、うちの魔王？　狂信者？　に火がつくからやめていただきたい。

とにかく、その場をごまかして、先に進んだ。

リモアは力も凄《すご》いのだろうが、まずデフォルトで飛行していること、それと瞬間移動のようなスピードなのがヤバい。

パッと一瞬で後ろに回られたら、もう誰も回避しようがない。

毎回後ろに瞬間移動するならまだ予測できる。でも、上下左右どこに出るかわからないと、この瞬間移動だけで大抵の人間は詰みだ。恐ろしすぎる。

そんなこんなで、ミノタウルスの脳天に風ちゃんが突き立ったところで、九十四階層だ。

【アダマンタイトガーゴイル】
アダマンタイト級悪魔
レアドロップはアダマンタイト

「おおおお！！！」

（これは欲しい！！！　レアドロップ狙いでもしようか⁉）

部屋の一番奥には、四、五メートルの鳥のような石像――ガーゴイルが見える。

だが結局このガーゴイルも、リモアが難なく倒し、直径三十センチぐらいのアダマンタイトをドロップした。

◇

この日は九十七階層で野営した。
九十五、九十六、九十七階層もリモアが普通にぶっ殺した。
まったく何も盛り上がらない。いや、盛り上がったら危険になるのだからいいのだが、色々困る事情もあるのだ。

いつもの通りに、ベッドを並べて飯と風呂だ。

「ねえ、ねえ、見て！　お兄ちゃん！」

五右衛門風呂の前に立った。アリサは、またメイと手を繋いでいる。

「ホットウォーター！」

二人で五右衛門風呂に手をかざすと、もうもうと湯気《ゆげ》の立つお湯が並々と注がれた。

俺は五右衛門に近づき確認すると――

「お前、本当にチートだ――あっつあ！　あっっっっっっつあ！！！」

確かに熱湯《ねっとう》だった。

「入れるか！！！　こんなもん！！！」

「あれ、失敗しちゃった。お兄ちゃんお湯捨てて」

「熱くて触れねーよ‼　五右衛門風呂自体も熱せられてて触れねーよ！」

「どうしよう」

「このポンコツチートが！」

「大丈夫です、ヨシト様。フリーズ」

五右衛門風呂の周りに冷気が漂う。風呂を凍《こお》らせているようだ。

マジでメイの万能さが半端ねえ。

彼女の機転により、ちょうどいい湯加減になった風呂で、いつものように浴びる。

「はあ、そろそろ浸かりてえな」

（拠点も欲しいが、大きな風呂が欲しいな。アリサのお湯魔法があるなら、木製の風呂桶でもいい。……全員で浸かれるくらいのがいい）

あの魔法は、もしかしたら流星雨を超えるアリサの代名詞になるかもしれない。

「モーラ、体はどうだ？」

「ありがとう、ヨシト。ほとんどメイの魔法で治ってたからね。大丈夫だよ」

「そっか。メリッサは？」

「私も平気」

「本当は？」

「ちょっと左腕に痺《しび》れが残ってるわ」

「よく正直に言ったな。メイ、アリサ、魔力はどうだ？」

「私は大丈夫です。一意専心が二回はできます」

「私も平気よ」

「リモアは？」

「ん〜〜〜っ、ちょっと血を吸わせてね」

「わかった」

とうとう迷宮もあと三階層のみ。

さすがに簡単には行かないだろう。

それはみんなもわかってるようで、緊張感を維持したまま眠りについた。

◇

九十八階層におりる。

嫌な予感がする。

鉄の扉の前に立っても、敵の気配がしないのだ。

八十九階層の毛玉のときを思い出す。

ゆっくりと扉を開けると、やはり魔物はいない。

だが、いつもと違うところがある。いつもは体育館ほどの広さの空間だ。けれど、ここはどう見てもそれよりデカイ。

ドーム球場が四つ分ぐらい入りそうだ。天井も高い。

その一番奥には、ぽつんと丸いものが見える。どうやら魔石らしい。距離が遠いから正確にはわからない、魔石の大きさは一メートルはありそうだ。

すると、その魔石がいきなりまばゆい光を放った。

光が収まると、そこにはジャンボジェットを超える大きさのドラゴンがいた。

四本の脚で地に立ち、翼を大きく広げ、迫力のある胴体には硬そうな鱗《うろこ》がある。デカイ。とてつもなくデカイ。迷宮都市で遭遇したのは人型の龍だったが、龍本来の姿がここまでとは。

この一体でドーム球場一つ分ぐらいありそうだ。

俺たちは絶句してしまった。だが、ドラゴンは口を開いた。

『ん？　お前は……』
　突然リモアが前に出る。
『ДЙНМοПДροξВЙРХ』
（余計なことは言わないで）
『ЕАοХερПУТГП』
（お前は）
『ρπучпйЮЩШШЫмЬ』
（あなたは関係ない）
『ХёсуФ？　ИГЖυπσКХФНЗГЗБοκЙЙИВβФП』
（次元の魔導書《グリモア》だな？　なぜここにいる。龍神王様のご命令か？）
『σσЙ。ИВοδΩγФеЩШдж』
（そうよ。導くためよ）
『жбЯ……йрнХЪШТПЗВБМ』
（ふむ……そうは見えんがな）
　ドラゴンはニヤリとした。
『внспЭТυБНψπθβλДИНДКЗБιλ』
（あなたがここの番人なの？）

『ЮШЩ、йпэьыыхкмшММЙбаШЗ』

（そうだ、我がここの番人だ）

『ΛЕМЕΨΓ。ΙΓΟΓιδμΟΓЖЁνξДКОЖВψД』

（なら通して。我らはこの先に用がある）

『ФККККККК！　пстжечузбб。БθβХΨВАХ。ΔκβΠΨ、ρВБМЙЖ』

（グハハハハハハ！　通りたければ試練を受けよ。何人《なんぴと》たりともそれは変わらぬ。だがご命令があるならば、秘密は守ってやろう）

「おい、リモア、何を言ってるんだ？」

「なぁ～～んでもないよっ！　通してって魔物言葉でっお願いしたけどっ！　だめだってっ！！！」

　ドラゴンは俺を見てきた。

『矮小《わいしょう》な人族よ、我が名はケツアルクワトル。この迷宮の番人にして、絶対的な君臨者《くんりんしゃ》なり。この先に進みたいのならば、我を倒せ。ここは力こそが正義。我が試練、乗り越えてみせるがよい！！！』

　戦いは有無を言わさず開始された。

◇

『ば、バカな！！　あり得ぬ！！　なんだその力は！！！』

はっきり言って、俺の独壇場《どくだんじょう》だった。

モーラとメリッサは待機。リモアは前に出て、大剣でドラゴンを斬りつけて牽制《けんせい》してるが、ダメージは与えられてない。

一方の俺は亜空間倉庫をぶつけまくり、深手《ふかで》を与えていく。的《まと》としてはデカイので、亜空間倉庫が当たるのだ。

ドラゴンは回復魔法を常時発動させ、俺の亜空間倉庫で作った傷を即座に癒《いや》していく。

強力なブレスを吐《は》かれるも、亜空間倉庫、アリサの特大土壁、メイの冷気で防ぐ。

ドラゴンに攻撃させもしない。

一撃で首を落とせればいいのだが、太すぎてそれは叶《かな》わない。

だが、一方的に攻撃できている。

『ぬううう！！！　致《いた》し方なし！！！』

ドラゴンはまばゆい光を放つと、どんどん光は小さくなり、迷宮都市で襲いに来たドラゴンと同じく人型になった。

『………まさか我がこの姿にさせられようとはな……。もうアレは食らわぬぞ』

「亜空間倉庫！」

シュン！

ケツアルクワトルは、亜空間倉庫を避けた。

『ふむ、防御を無視して無条件で切り裂く。次元魔法だな？』

ケツアルクワトルは、リモアをちらっと見た。

『ぐはははははっ！　……まあ、よい。さあ、始めようか。真の試練を』

ガキン！

次の瞬間には、ケツアルクワトルは俺の目の前にいた。ゴツゴツとした腕を振り上げ、鋭い爪で俺を引き裂こうとしたが、リモアが大剣を十字にして、それを防御した。

俺は見ることもできなかった。体が硬直している。

ギリギリギリギリ……

『グハハハ！　命拾いしたな、人族よ』

「ヨシト！」

メリッサが飛び出そうとするのを、俺はギリギリのところで腕を掴んで阻止《そし》する。

「リモア‼」

リモアはケツアルクワトルを押し返そうとする……も、リモアが力負けしている。

「あたしは待ってたよ。こんな機会を。…………あのときの気持ち、あんたにぶつけてやる…………明鏡止水！！！」

モーラの胸に紋章が輝き、うす緑のオーラをまとう。

モーラがケツアルクワトルに斬りかかると、ケツアルクワトルは後ろに引いた。

俺は瞬時に判断する。

「モーラ！　行けるか!?」

「……一人じゃわからない。でもリモアとなら」

「任せた！　亜空間倉庫！」

俺は、アリサ、メイ、メリッサも含めて、亜空間倉庫のかまくらで囲った。

「ヨシト！　私も！」

「ダメだメリッサ！　まだ九十九と百があるんだ！」

「…………わかったわ……」

モーラはこっちを振り返り、ニヤリと笑った。

亜空間倉庫は外側から見たら真っ黒なはずだが、不思議と目が合った気がした。

モーラは静かに言う。

「いくよ、リモア」

「はぁ～～～～いっ‼」

『グハハハ、龍の紋章《マザーエムブレム》を持つ者か。どれほどエムブレムを使いこなしておるか、我に示してみよ！』

このあとの攻防は、俺の目では追えなかった。

◇

リモアとモーラは左右に分かれ、ケツアルクワトルを挟むように攻撃をしている。

ガキン！

モーラが真横に剣を薙《な》ぎ払う。だがそれを、ケツアルクワトルは左肘《ひだりひじ》で受けると、そのまま左腕を伸ばし、爪でモーラを突く。

モーラは頭を後ろに動かして避ける。

リモアが大剣二本を並べて、ケツアルクワトルの首を落としにかかった。

ケツアルクワトルは左脚を軸《じく》にし、回転しながらモーラに裏拳《うらけん》を放ちつつ、リモアの剣を避ける。

ギン！

モーラは裏拳を剣で防御し、ケツアルクワトルの脇腹を蹴る。

明鏡止水（三段階アップ）の乗った凄《すさ》まじい蹴りが、ケツアルクワトルにヒットし、やつの顔が歪《ゆが》む。

その隙《すき》にリモアは、コマのように回転し、ケツアルクワトルを斬りにかかる。だが、ケツアルクワトルはリモアの足の裏を蹴りあげ、それを頭上に逸《そ》らす。さらにリモアの下をかいくぐり、挟まれてる状況を回避しようとするも、モーラは剣を突きながら突進してきて、リモアは瞬間移動で再びモーラの逆サイドに回る。

モーラの突きは、ケツアルクワトルの腕を貫く。

ズバッ！

リモアの大剣二本が、ケツアルクワトルの背中に、爪痕《つめあと》を残した。

『カアアアアアア！』

ケツアルクワトルはとっさに、ブレスまではいかないが灼熱《しゃくねつ》の息を吐《は》き出し、後ろに下がる。モーラはそれを避けるために下がり、リモアも瞬間移動でモーラの隣に行った。

『グアハハハハハ！　これは参った！　勝てん勝てん‼』

ケツアルクワトルは、豪快《ごうかい》に笑う。

◇

（す、すげえ…………何が起こってるかはわからないが、ドラゴンが血を流していて、こっちは無傷だ）

「凄《すご》いわ……」

「メリッサ、メリッサの第四門とどっちが強い？」

「私のときは、私のレベルが低かったわ。でも、ドラゴンもこっちのほうが強い。多分同じくらいかしら」

「なるほど」

（デメリットありの第四門と同じ強さか。モーラも半端ねえな）

◇

モーラとリモアは警戒を解かずに、ケツアルクワトルを睨《にら》みつける。

『グハハハ、いい面構《つらがま》えだ、そう、まだ終わっておらぬぞ』

『むんっ！！！』

ケツアルクワトルは腰を落とし、両手を胸の前でクロスした。

そして、モーラたちをニヤリと笑いながら見返す。

『まさか、思っておらぬよな？　……龍の紋章《マザーエムブレム》が貴様らだけの力と』

「っ－！！」

『我が真の力を味わえ！！！　龍の波動《ドラゴニアオーラ》！！！　解放！！！』

ドーーーーーーーン！！！

モーラとリモアは力の奔流《ほんりゅう》に抗《あらが》うように、腕で顔をガードし、腰を落とす。

ケツアルクワトルの胸の中心に、龍を象《かたど》った紋章が光輝く。

さらに、真っ赤に燃え上がるようなオーラが天井まで立ち上ぼり、それが収まると、全身が赤黒いオーラに覆われていた。

『グハハハハハハ！！！　さあ、いくぞ！』

弾丸のように飛び出したケツアルクワトルは、リモアに向かって拳を突き出す。

リモアはそれに反応できず、まともに食らってしまう。

「っ！！！！！」

リモアは大きく吹き飛ばされた。

モーラが我に返り、ケツアルクワトルの首を落とすように剣を横に薙《な》ぎ払う。

「でりゃあああああ！」

ズッ！

「っな！！！」

モーラの剣は、ケツアルクワトルの首の後ろで、赤黒いオーラに阻《はば》まれ、止まってしまった。

『ん？　何かしたか？』

余裕を見せるケツアルクワトルは、剣を止められて呆然《ぼうぜん》としているモーラに裏拳を叩《たた》き込む。

「ぐっ！！！」

思いっきり顔に食らったモーラがぶっ飛ばされる。

だが、モーラの攻撃も終わらない――

◇

リモアもモーラも、剣の連撃を繰り出すが、時にはオーラで、時には腕で防御され、その度に反撃を食らってしまう。

次第にダメージは蓄積されていく。

リモアの方がかなりダメージを負っているように見える。リモアは防御力が低いのかもしれない。

「あああああああ！！！」

モーラは大きな叫《さけ》び声を上げながら、ケツアルクワトルに剣を繰り出す。突きを、袈裟《けさ》斬りを、時には足を使い、台風のように荒々しくケツアルクワトルを攻める。

だが、有効打になっているものはない。

「ぐふっ！！！」

パリン！！！

モーラは腹に飛んできた蹴りを剣で受け止めたが、剣は叩《たた》き折られ、もろに食らってしまった。モーラが吹き飛んでくる。

「モーラ！！！」

俺は一人だけ亜空間倉庫のかまくらから出て、モーラに走り寄る。

ケツアルクワトルは邪魔せずにただ見ていた。

すると、リモアも瞬間移動で俺のところにやって来た。

『ふむ、もう終わりか？』

「くっ……俺は女神に会いたいだけだ、通してもらうわけにはいかないのか？」

『ここに来る者は皆、同じ理由のはずだ。貴様だけ許す理由にはならん。まあ、実際に来たのは貴様らが初めてだが』

「……わかった。俺たちの力が足りなかったようだ。帰らせてもらう」

ケツアルクワトルは少し目を見開いたが、大笑いを始めた。

『茶番は終わりだ、貴様らにはここで死んでもらう、グリモアよ。その男を殺せ』

「……は？」

ケツアルクワトルの目線は、俺の隣を見ている。そこには、痴女《ちじょ》ばりの黒ビキニを着たロリヴァンパイアしかいないはずだ。

俺は嫌な予感が溢《あふ》れてきて、ゆっくりと隣を見た。

そこには、悲しそうな顔をしたリモアがいた。彼女は眉を寄せて悲痛《ひつう》な面持《おもも》ちで、俺の顔を見返している。

「リモア、まさか、お前」

亜空間倉庫のかまくらの中にいるみんなやモーラが叫《さけ》んでいる。しかし、その声を掻《か》き消すほどの大声で、シマが吠《ほ》えていた。

俺はリモアに会ったときから今までのことが、走馬灯のように脳内を駆け巡る。

「そうか、そういうことか……」

「リモアのこと、嫌いになった?」

「……本当、なのか?」

「ごめん、マスタァ……」

リモアは、明るく、天真爛漫《てんしんらんまん》ないつもの様子から一変して、見たことのない表情で俺を見つめてくる。

「リモアのお仕事は、マスターがどっちに傾くか見極めること」

「俺を見極める?」

すると、ケツアルクワトルが話に割り込んでくる。

『茶番は終わりだと言ったはずだ、やれ、グリモア。…………ちっ、ならば』

ケツアルクワトルが俺の胸をめがけて、抜き手を放つ。それはまっすぐ俺の心臓を狙っている。

「っ！　だめえ！！！」

ズボッ！

「……」

俺は放心していた。気づけば、俺の目の前にはリモアの小柄で綺麗《きれい》な背中が……そしてその真ん中から、鋭利《えいり》な爪を生やしたドラゴンの手が生えている。

『ウオオオオオオオン！！！』

パリン‼

シマがとてつもない雄叫《おたけ》びを上げると、俺の亜空間倉庫が弾けて粉々になった。

「ヨシト様！」

「お兄ちゃん！」

「乾坤一擲《けんこんいってき》、第四門！　緑扉《りょくもん》、解放！！！」

メリッサ、アリサ、シマがケツアルクワトルに突撃する。ケツアルクワトルはリモアの胸から腕を抜き、後ろに跳躍《ちょうやく》して、メリッサたちと戦闘を始めた。

メイはモーラに駆け寄り、俺の腕の中には、だらんと力をなくしたリモアが落ちてくる。

「リモア……お前、なんで……」

俺が胸にぽっかりと穴を開けたリモアを見下ろすと、彼女は今にも消え入りそうな声で答える。

「だ、って……敵からマスターを、まも、るのは……契約だ、から……」

「契約ってお前……俺を殺すのが仕事じゃないのか？」

リモアはうっすらと笑みを浮かべる。

「仕方、ない、で、しょ？　……す、きに、なっちゃったんだも、ん」

「好きって……」

なんとリモアの全身が透《す》けてきた。まるで消えかけている幽霊のようだ。

「リモア⁉　おい、リモア！」

「マ、スター……」

震える両手を自身の胸に当てるリモア。すると胸の上に、三十センチくらいの銀色の本が現れた。

「マスター……リモ、ア、時間が、来ちゃっ、た……」

「な、なに言ってる！　ふざけんなよ⁉　おい、しっかりしろ！　メイ！　こっちに来い‼」

メイは、リモアを抱いて座り込む俺を見下ろすように立った。そして、俺が見ると、黙って首を横に振った。

「ふざけるな、メイ！　まだ間に合う！」

リモアは自身の胸の上に現れた銀色の本に両手を添える。

「これ、次元の、魔導書……これが、リ、モアの本体なの、これを」

「待てよ……うそだろ……いやだ、ダメだ！」

リモアは悲しそうに、にっこりと微笑《ほほえ》むと、頬《ほお》に涙が伝う。

「リモア……アリサちゃ、ん、が、うら、やまし、かった……リモアもお兄ちゃん、と……よ、びた、かった……」

「なんとでも呼べよ！　おい、うそだろっ‼　ダメだ、逝《い》くな‼　メイ、リモアを治せ‼」

リモアは涙を流したまま、嬉しそうに破顔《はがん》した。

「お兄ちゃん、って、呼んでいい？」

「……ああ！」

「お兄、ちゃん……ふふ……」

「わかった！　俺は、これからもずっとリモアのお兄ちゃんだから！　ずっと！　ずっと‼　ヴァンパイアのお前が、俺より先に死んでどうする‼　俺を置いてくな！」

「ありが、とう、お兄ちゃん……リモア、お、兄ちゃん、に、出会えて、幸せ、だ、った……」

「俺もだ！　俺もだリモア‼　だから――――」

俺の腕の中で横たわるリモアは、消えかけている両手で俺の頬《ほお》を掴んだ。

「リモア、は、ずっとお兄ちゃんと、一緒……リモアの、全てを、お兄ちゃん、と、と、も、に」

リモアは俺の顔を引き寄せ、優しくキスをする。

すると、俺の中に何かが流れ込んでくる感覚があった。

一瞬、その感覚に意識を向けていると、ヴァンパイアの幼女――リモアは俺の腕の中から消え、銀色の本だけが残った。

「……リモア？　……は？　リモア⁉　…………おお、おおおお……」

俺は自然と震えが止まらなくなる。

ゴトリと床に落ちた銀色の本を急いで拾い、胸に抱きしめる。壊《こわ》れるほど抱きしめる。

「おおお……リモア、ううぅぅぅ……」

銀色の本に水滴がポタポタと落ちる。

「リモア……リモアァァァ……」

体内に力がうずまく。

それは、今まで感じたことのないほどだ。

「……リモアアアアアアアアアアア！！！！」

◇

メリッサ、アリサ、シマは全力を出して、紋章の力をまとったケツアルクワトルと対峙する。だが、歯が立たない。ケツアルクワトルに軽くあしらわれているだけだ。

メリッサは苦渋《くじゅう》の決断をしようとする。

「こうなったら……」

「ダメよメリッサ‼　あんたもう第四門まで開けてるのよ！　死んじゃうわ！」

「でも！　このままじゃ全滅よ！　なら、私が、私が止めてみせる！　この命にかけて！」

「ダメ！　メリッサ！」

「第五門‼　藍扉《らんもん》‼　解――――」

ドゴーーーーーーン！！！

メリッサが乾坤一擲《けんこんいってき》の第五門を開こうとした瞬間、この空間を真っ白に染め上げるほどの、極太の光の柱が、彼女たちの背後から立ち上った。

それは馬鹿でかいこの空間の天井を穿《うが》つかのように、極太の、そして恐ろしいほどの濃密な魔力だった。

光が収まるとそこには、銀色の本を左手に持ち、光のオーラをまとうヨシトが立っていた。

ケツアルクワトルは目を見開いて、驚愕《きょうがく》する。

一瞬でケツアルクワトルの背中から大量の冷や汗が噴き出る。

この世に生を受けて数千年、一度も感じたことがない感情だ。

それは……《恐怖》だった。

『な、なんだ、その力は………この世の生物に許された力ではないぞ！！！』

「なぜリモアを殺した？」

ヨシトは涙を流しているのに、感情が消え失《う》せたような表情で、ケツアルクワトルの全身が凍《こお》るような声を出した。

『わ、我はグリモアを殺そうとしたのではない！　お前を庇《かば》って死んだのだ！　む、むしろ、グリモアを殺したのはお前だろうが！』

ケツアルクワトルは意識せずに言い訳じみたことを口走る。それはヨシトの溢《あふ》れる力に、ヒシヒシと自身の死を感じるからだ。

絶対的、絶望的な差。生物としての本能で、ケツアルクワトルの頭の中には激しく警《けい》鐘《しょう》が鳴っていた。

「ヨシト……」

「悪かったな、メリッサ。メイ、全員を回復して下がっていろ」

「ヨシト様……はい、かしこまりました」

「お兄ちゃん、気をつけてね」

「ああ」

ケツアルクワトルの手足はガタガタと震えていた。ケツアルクワトル自身も自分の状況を理解できなかった。手が震える、足がすくむ。ヨシトは隙《すき》だらけに見えるのに、攻撃することもできない。そんなことをすれば、次の瞬間には自分が死んでるとしか考えられないのだ。

そう、まるで蛇に睨《にら》まれたカエルのように、逃げることも攻撃することもできなかった。

ヨシトは首をゆっくり動かし、虚《うつ》ろな、空《から》っぽの瞳で、ケツアルクワトルを見つめる。

「……なぜリモアを殺した？」

ヨシトは感情が消え失せた人形のようだ。

『……ま、まて！　次元の魔導書は元々生物ではない！　ただの道具だ！』

ケツアルクワトルは唾《つば》を飲み込み、滝のような汗を流す。

「お前の理屈なんて聞いていない」

ヨシトはゆっくりと、一歩、ケツアルクワトルに向かって足を出す。

『まてと言うに！　ただの魔導書だぞ？　それがひとときのみ、魔物として生物の真似事《まねごと》をしていただけだ！』

「……もういい、黙れ」

『わかった！　我がもう一度肉体を授《さず》けよう！　記憶はないが、また同じ姿にしてやろう！』

ケツアルクワトルは慌ててヨシトに提案する。

だがその言葉は完全に逆効果だった。

「……それはもうリモアじゃねえ。……もう口を開いてくれるな」

『っ！』

ケツアルクワトルはヨシトの目を見ると、まるで虚空《こくう》を見つめているような気分になった。

ケツアルクワトルは思わず数歩あとずさる。

それを見たヨシトはいきなり笑い出した。

「あは、あははははははははは!!」

この巨大な空間に、ヨシトの大笑いがこだまする。

「なんだ、お前もただのトカゲだな。死ぬのが怖いのかよ！　あはははははは」

「………………」

『あり得ない』

その言葉だけが、ケツアルクワトルの脳内に渦巻《うずま》く。

わからない、何がなんだかわからない。だが、逃げることも不可能なほどの威圧感に、ケツアルクワトルの正常な判断力は根こそぎ刈り取られていた。

そして、ヨシトの高笑いはピタリと止まり、おもむろに告げた。

◇

「終わりだ」

俺は、リモアが遺《のこ》した銀色の魔導書を左手に持ち、胸の高さまで持ち上げる。

すると銀色の本がパカっと開き、パラパラと自動でページがめくれていく。

「リモア……力を貸してくれ……」

すぐに本は動きを止め、開かれたページからまばゆい光が放たれる。

一瞬、光の中に、笑顔のリモアが見えたような気がした。

『やらせるかあああ！』

「次元魔法、プリズムキャプチャー」

ケツアルクワトルは特大の炎を口内に溜《た》めていたが、それが発射されることはなかった。

やつは俺が放った魔法によって、プリズムのような多角形の空間に閉じ込められた。ケツアルクワトルを捕獲《ほかく》したプリズムは、宙に浮かび上がる。プリズムの中ではケツアルクワトルが脱出しようと暴れもがく。

「次元魔法、オクロの天然原子炉《ニュークリア》」

俺が呪文を唱えると、プリズムが稼働中《かどうちゅう》の原子炉の中のような空間と繋がった。

そこでは急速な核分裂が起こり、ケツアルクワトルの体は崩壊《ほうかい》していくとともに、莫大《ばくだい》なエネルギーを生み出す。

そして、プリズム内が一瞬で真っ白になり——光が収まると内部にはチリ一つ残っていなかった。

さらに、プリズムはぎゅーっとビー玉程度まで凝縮《ぎょうしゅく》され、どこかに消え失せた。

◇

「ヨシト……」

メイに回復魔法をかけられて、体調を取り戻したモーラが歩いてきた。その後ろをシマがついてくる。

今メイは、第四門まで開いた反動で倒れ込んだメリッサの治療にあたり、アリサはメリッサの横で座り込んでいる。

「大丈夫かい、ヨシト?」

俺は苦笑いのような、泣き笑いのような表情を作った……と思う。

「大丈夫、とは言えないな……。でもなんだろ。意外と平気だ」

「それは……」

モーラは、どういう意味で聞きたかったのだろう。だが先に俺が口を開いた。

「リモアが最後にキスしてくれたときな、リモアの力と一緒に、リモアの感情も流れ込んできたんだ。俺を利用しようとしたこと、殺そうともしたこと。それでも、この一年と少しの間に、徐々に変わっていった。それはまるで映画のように、ドラマチックに頭に入ってきたんで、逆にこっちが恥ずかしくなっちまったよ」

「エイガ?」

リモアが徐々に俺を好きになっていく感情、それを日記を読むかのように、ゆっくりと聞かせられるのだ。むず痒《がゆ》く、甘酸《あまず》っぱく、とても嬉しいものだった。

「あっ、いや、いいんだ。ようは大丈夫だってことだよ。……リモアはここにいる」

俺は自分の胸をさする。

「そうだね」

「それより、メリッサは? あのバカ、四門まで開けたのか?」

『クゥーン』

モーラの隣に立つシマも、心配そうな顔で俺を見ている。

「シマもありがとうな。……、お前のことも色々聞きたいことがあるけどよ、まあ、お前の秘密もあと少しでわかるんだろ？　最下層が目的だったよな？」

『……』

シマは俺を黙って見返してくる。

「もう、なんもこわくねえよ。あと少しだ、それまで楽しみにしておくよ」

そして、俺は床に転がっている二本の大剣を拾いあげる。

「モーラも俺も剣がなくなったな。一本《雷神》は俺が、一本《風神》はモーラが使ってくれないか？　風神ならモーラとも相性がいいだろう」

「……いいのかい？」

「ああ。亜空間倉庫の肥《こ》やしになってるより、リモアも喜ぶさ」

「わかった。ありがたく貰《もら》うよ」

俺たちはメリッサたちのところに向かって歩き出した。

◇

俺たちは休憩とメリッサの体調回復も兼ねて、四十八時間この階層に滞在してみたが、あのドラゴンはリポップはしなかった。メリッサはメイの一意専心を使った最高の回復魔法を三度も使って、ようやく歩けるようになった。

リモアがいなくなってからも、俺を含めてみんな笑顔を作っているが、どことなく乾《かわ》いたものになるのは仕方ないだろう。きっと時が癒《いや》してくれると信じておく。それよりも今は、リモアが作ってくれたチャンスを生かして、この迷宮を攻略することが大事だ。

とうとう次は九十九階層。ここと次で、迷宮も終わりだ。

どんな強大な敵がいるのか、不安と期待を胸に、九十九階層へとおりていく。

いつものごとく、鉄の扉を開き、中へと入っていく。

ここもまた、今までと違っていた。

九十八階層のような巨大な空間でもない、八十階層以降の体育館並みでもない。

学校の教室くらいの部屋だった。

その中央に、兜《かぶと》と銀色に輝く鎧《よろい》をびっしりと着込んだ男が、座って項垂《うなだ》れていた。

俺たちは全員室内に入り、身構えて警戒する。そうしているところへ、男はゆっくりと頭を上げて、口を開いた。

「ようこそ、九十九階層へ。最後の勇者君」

男の頬《ほお》には傷があった。これまで出会った各階層の魔物とは雰囲気《ふんいき》が違う。

あまり強そうには見えないのに、歴戦《れきせん》の猛者《もさ》のような顔つきをしている。

「どういう意味だ」

男はゆっくりと立ち上がる。

「決まってる。ラステル様に勇者として召喚されたのが君だからだ」

「……は？」

俺はあっけに取られてしまった。

「いやいや、おかしい！　勇者なら力を――って、そのつもりだったけど、龍神王に取られたってことか？」

「その通り。だからと言って、君の勇者の任命が変わるわけじゃない。現に、ここまで来ているからな」

「……」

話をしてくれるのはありがたい。ケツアルクワトルみたいに問答無用《もんどうむよう》じゃないだけましだ。

聞けることは聞いておく。

「女神をここから解放させるために、俺は呼ばれたのか？」

男は両手を広げて肩をすくめた。

「それは、神のみぞ知るってやつだな。だが、解放できるのは君しかいない」

「勇者だからか？」

「違う、力を持つからだ」

　力はないと言いそうになったが、シスターテレサの言葉を思い出す。

「ああ、力の紋章がないと解放できないってことか」

「それは少し違うな。それならば、そちらのお嬢さん方でもできることになる。ラステル様を解放できるのは君だけだ。真の力の紋章を持つ君だ」

「……不滅の龍の紋章《エターナルマザーエムブレム》って言われたけど？」

「ほう、君はそれが何か知らないようだ」

「どういうことだ？」

「それは遥《はる》か昔、母なる龍《マザードラゴン》と呼ばれていた龍、世界を混沌《こんとん》に陥《おと》れた龍の意思だ」

　抽象的《ちゅうしょうてき》すぎてわからない。

「力の紋章ではないのか？」

「龍は三十三に体を砕《くだ》き、三十二に力を与えた。残る一つには自分の意思を宿らせた」

「魂《たましい》みたいなものか？」

「それは違う。魂と呼ぶものには個が宿る。それは意思のみだ。あくまで君は君ということだ」

「なら、魂はどこに？」

　男は顔を暗くして考え込んでいる。

「輪廻《りんね》を繰り返していると思われる」

「意味不明だな。自分から死んどいて、自分は輪廻《りんね》するって」

「それは、龍にも寿命《じゅみょう》があるからだ。力を失う前にそうしたのだろう。だが、本当のところはわからん。混沌《こんとん》を自ら振り撒《ま》き、己は高みの見物をしている傲慢《ごうまん》な龍の気持ちなど、誰にもわからんのだから」

「……」

俺も聖龍教で話を聞いたとき、同じようなことを思ったが、聖女神教と思われるこいつに言われると、なんか違う気がする。

「なら、この紋章は何の意味がある」

「そうだな、母なる龍《マザードラゴン》の代行者の証《あかし》と言うのが一番わかりやすいか。この迷宮を当時の龍王が作ったことは？」

「知ってる」

「龍王の封印は、その龍王より高みにいる者でなければ解けない。それは、母なる龍《マザードラゴン》、または母なる龍《マザードラゴン》の代行者の君だけだ」

「……」

「そう、ラステル様を解放するかどうかは、君の判断にかかってるのだよ」

「龍神王がいるだろ」

「残念ながら、龍神王は当時の龍王には遥《はる》かに及ばない。やつには迷宮を作る力などないからな」

「……」

俺はしばし考える。そんなに強い龍が封印しかできなかった、しかも二人の勇者の力を借りて。

「当時の龍王は、すごい力があったってことか。なら、そんな龍王でも封印しかできなかった女神はもっと強くて、もっと危険ということだな」

「それは君が判断するんだ、そのためにここへ来たのだろ？　代行者君」

「……」

（またまたここでも丸投げか。いいよ、本当に好きにしてやるからな⁉　しかし、どうりで俺の龍の紋章《マザーエムブレム》は弱いわけだ。力なんかないんだから。でも、それによりアリサが強くなったなら問題ないか。だが……）

「結局、女神が悪なのか？　龍が悪なのか？」

「それは私が考えることではないな」

「……」

「なら、もう一つ、なぜ俺が最後の勇者なんだ？　まるで俺がこれから女神を殺す前提だな」

「っ、うわははははは！」

男はきょとんとしてから、大笑いし出した。

「あは、あは、はぁー、いや、すまん。君はラステル様を殺さない。そしてラステル様は解放されても、もう勇者を任命する気がないのだ。だから君が最後だ」

「なぜ殺さないと言いきれる。俺は女神を殴《なぐ》りに来たんだ」

男は大袈裟《おおげさ》に両手を広げた。

「なら殴《なぐ》ればいい、殺したいと思ったら殺せばいい。それでも私は断言する。君はラステル様を殺さない」

「……」

すると、アリサが話に割って入ってくる。

「あんたなんなのよ、戦うわけ？　さっさとしなさいよ」

「君は、終焉《しゅうえん》を導く者だね？　龍に愛されし者にして、この世に新《あら》たな世界を作るために生まれた終焉《しゅうえん》の御子」

「は？　え？　はあああ？？？？」

と、アリサはすっとんきょうな声を上げる。

（ああ、俺も気にはなってた。みんなの称号はあだ名みたいなものだ。だけど、俺とアリサのは違う。アリサのにはスキルさえついている）

「龍に愛されしってのはわかる。こいつは龍神王に呼ばれてこの世界に来たからな。だが、終焉《しゅうえん》を導く者ってのはなんだ？」

男は腕組みする。

「簡単だよ。世界中の魔力を吸い上げ、魔法を創造し、ラステル様をも超える破壊力を持つ。終焉《しゅうえん》にふさわしいじゃないか！」

またまたとんでもない情報だ。

「は？　アリサ、魔法を作ってたの？」

アリサはきょとんとしている。アリサも何を言ってるの？　とわからない顔だ。

「あれ？　魔法ってイメージだよね？　こんなのがってイメージで発動するんでしょ？」

アリサは、ここにいる魔法が使える者――モーラとメイの顔を見る。

モーラとメイは目を見開いてから、首を横に振る。

「あたしは頭の中に流れ込んできたよ。ヨシトにスキルを教わったときのようにね」

「私もです。それ以外にもエルフには魔法の文献《ぶんけん》もあり、魔法の修行を行えば、いずれこういう魔法が使えると記されているものもあります。言うなれば、火魔法を覚えれば皆同じ火魔法を使うということです。もちろん白光は見たこともありませんでした」

「うそ……」

「じゃあ、アリサ。あの痛い詠唱も自分で考えてたのか？」

「っ！　い、痛いって何よ！！！　ち、違うわ！　わた、わたしの頭にも流れてくるのよ！！！」

「アリサ、動揺しすぎよ……」

（なるほど、これでアリサは中二病《ちゅうにびょう》と確定したわけか。しかしそんなスキルはないのにな……あれか、一番はじめに見た完全鑑定のフレーバーテキストが仕事したのか？　多分理《ことわり》って言うくらいだ。魔法の創造がそれに当たるんだろう）

「どんだけチートなんだよ、お前。でも女神以上？」

「そうだ。ラステル様は十の力の紋章を持っていた。だがそれよりも終焉《しゅうえん》の御子の魔法は強い。考えてみろ、もし女神が終焉《しゅうえん》の御子と同じ力を持っていたら、星を降らせるほどの力を連発できたはず。それなのにどうして戦争に負ける？　そもそも戦争にさえならない」

「「「「…………」」」」

アリサの流星雨を見たことあるやつは、そりゃそうだと思う。

俺たちも感覚が狂っていた。

アリサの魔法はやはり、俺たちが思っているよりも異常なのだ。

「お話は結構なのですが、ヨシト様。あまり馴《な》れ合うと、戦闘に支障《ししょう》をきたします。戦うのでしょうか？」

「ああ、そうだ。下に行かせてくれるのか？」

「安心しろ。私は君以外が来たときの最後のストッパーだ。君ならば戦う必要はない」

「お、おう……なんか最後の戦いの前に気が抜けるな」

俺たちは後ろに残った男を気にしながら、百階層へと続く階段をおりる。

「じゃあな、おっさん」

◇

男は見えなくなったヨシトの背中に語りかける。

「ラステル様《シマ》、とうとうお迎えが来ましたね。これで安らかに……」

最後まで名さえ語らなかった男は消えた――

◇

とうとう百階層の扉の前に立つ。

意外と感慨深《かんがいぶか》い。

さて、鬼が出るか蛇《じゃ》が出るか……

全員が心構えをして扉を開ける。

そこは、九十九階層と同じような、教室ほどのサイズの部屋だった。

部屋の奥には――

「あれ、棺桶《かんおけ》だよな」

「そうとしか見えませんね」

石でできた棺桶《かんおけ》が一つ置いてあるだけだった。

「まさか、本物のヴァンパイア？」

「……お兄ちゃん、リモアも一応本物のヴァンパイアだったけど……」

「アレはサキュバスだった」

「ヨシト様、死んだ者を蔑《さげす》むのは……」

「馬鹿野郎、メイ。リモアは死んでない。俺の心とここにちゃんといるじゃねえか」

俺は左手の銀色の魔導書を持ち上げる。

「ヨシト……」

メリッサが一言つぶやくと、なんと魔導書が淡い光を放ち、まるで俺の言葉を肯定《こうてい》するかのように点滅《てんめつ》した。

「「「っ‼」」」

「ほらみろ、リモアはちゃんと見ているよ」

「「「……」」」

「お兄ちゃん、とりあえず開けてみないと」

「あ、ああ、そうだな。女神が出るぞ。みんな、準備しろ」

俺は一人進み出て、棺桶《かんおけ》の蓋《ふた》をずらしてみた。

その中には、まるで水晶で作られたような女性の人形が眠っていた。

「ん？　人間――」

「ヨシト様！！！」

「ヨシト‼」

メイとメリッサが叫《さけ》ぶ。

俺はみんなの視線の先に目を向けると、棺桶《かんおけ》の上に光の玉が浮かび上がっていた。

俺は急いでみんなのところに戻る。

光の玉は、まばゆい光を放ち、それが収まると上半身だけの女性が現れた。

アリサが叫《さけ》ぶ。

「……うそよ…………うそよ！！！！！！！」

俺は目を見開く。

（ば、ばかな……、あり得ない！！！）

すると突然、シマの体が光を放ち、光の玉から現れた幽霊のような女性に吸い込まれていった。

「っ！　シマ！」

シマを取り込んだ幽霊のような女は、優しい顔で語りかけてくる。

「ごめんなさいね、義人《ヨシト》、ありさちゃん」

「母さん……」

俺の実の母親だった――

「お前は誰なんだ！！！　くそがっ、こんな精神攻撃は予想してなかった！」

アリサは参ってしまったようだ。うそだうそだと小さくつぶやいている。

「義人、信じられないのも無理ないわ。でも、お母さんの名前から気づくと思ったのだけど」

「は!?　母さんはそんな名前じゃない！！！」

既に鑑定はしている。

【ラステル】

名前：ラステル

年齢：―／性別：女／種族：人族／レベル：―

称号：女神
STR：―／VIT：―／DEX：―／AGI：―／INT：―／MEN：―
スキル：―／―／―／―／―／―

「義人、お母さんの名前は？」

「……坂崎終《サカザキシマ》だ！」

俺の母さんの顔をしたラステルの亡霊は、はあ、とため息をつく。

「なら、ラステルの意味は？」

「……は？」

ラステルが意味不明なことを言うが、アリサがよみがえった。

「ラストテル……最後を告げる者……終の存在……そんな意味が含まれていたというの？」

「は？」

「義人はこんなに鈍感《どんかん》だったかしら、お母さん、残念だわ。てっきりホワイトフェンリルにシマと名づけたときに気づいてるんだと思ってたわ」

「気づくか！　シマは、体にラインが入ってたからそう名づけたんだよ！」

「お母さんの名前と同じなんて、なんとも思わないのかしら？」

「いやいやいや、だってよ、母さんは地球で生きてるって思うじゃんか。それに、母さんのことは母さんって呼んでたし、普通、実の母親の名前を意識して狼につけるわけねーだろうが！　絶対お前は偽物《にせもの》だ！」

どんどん緊張の糸が緩《ゆる》む。

「ふう、仕方ないわね。この手は使いたくなかったわ……最後の奥の手よ。義人のパソコンのハードディスクには、ハーレム物のいやらしいゲームが――」

「っ！！！　うおおおおおおい！！！！　待てコラ！！！」

（うそだろ⁉　うそだと言ってくれ！！！　……いや待て、元は日本人だって言ってた。なら、この程度は適当に言っても当たる！！！）

「なわけないでしょ……題名は、ヌレヌレハーレムは犬耳メイド――」

「待てコラアアアアア！！！　って、どさくさにまぎれて、心を読むんじゃねえ！！！！」

台なしである。

感動の最下層が台なしである。

「わ、わかった……母さんだって信じるから……もうやめてくれ……」

「ヨシト、最低ね」

「夢が叶《かな》ったね、ヨシト。こっちに来られてよかったじゃないか」

「ヨシト様、エルフはお嫌いなのですか？　なぜエルフ物がないのですか？」

「お兄ちゃん、あんた、そんなにコレクションを……てか、おばさま、妹ものはなかったんですか？」

「本当に台なしだよ……」

母さんのエロゲの題名羅列《られつ》は止まらず、俺は死んだ。

◇

母さんの話をまとめるとこうだ。

母さんは天寿《てんじゅ》を普通に全《まっと》うした。

俺が行方《ゆくえ》不明、隣人のアリサが交通事故で死ぬも、父さんと励《はげ》ましあい、父さんを看《み》取《と》ってから死んだそうだ。

次に気づくと、こちらの世界に転生していた。貴族の三女に生まれ、日本の記憶がある以外は普通に暮らした。

五歳のとき、自分には莫大《ばくだい》な魔力があることを知らされる。そこからは学校などに行き、魔法の勉強をたくさんしたそうだ。

そして、十五歳になったときに力の紋章があることが発覚した。その数は十。あり得ない数にすぐさま王家に拘束される。

当時、亜人との戦争の真っ只中《ただなか》で、人族は絶滅の危機に晒《さら》されていた。

母さんは、莫大《ばくだい》な魔力で亜人たちを退《しりぞ》けることに成功するが、この戦争で家族や友人を亡《な》くした。

初めは国に担《かつ》がれて参加した戦争だが、母さんは自分から積極的《せっきょくてき》に戦争に参加するようになった。

それは、人族を救いたいという気持ちと、家族や友人などの敵《かたき》を討ちたいという気持ちからだった。

母さんは数多《あまた》の魔法を開発し、亜人から紋章を抜き取る魔法の開発にも成功した。これが不幸の始まりだったのかもしれない。

母さんは紋章を抜き取り、味方の人族に付与してみるも、詰め込められる紋章の力の量は、人によって異なるようだった。紋章の力に耐えられる人、耐えられない人、耐えられても一つを使いこなすのがやっとな人など様々だった。

母さんは考えた。自分は元日本人だ。もしかしたら、それが十個もの紋章に対応できた原因ではなかろうか。

そこで召喚魔法を開発し、地球からの召喚を始めた。

だが……思うようには行かなかった。

召喚自体はできる。紋章の力も母さんの予想通り、地球人にはものすごく馴染《なじ》みやすく、力を与えるのは容易《ようい》だった。

だが、召喚された人の中には、母さんに従う人もいれば、敵対する人もいた。それはそうだ。言うなれば拉致《らち》なのだから。

そして、味方として戦いに参加してくれる人も思うように動いてはくれない。傲慢《ごうまん》になったり、最終的には敵対したり……。その度に紋章を回収した。

だが、母さんは諦《あきら》めない。紋章を使いこなせる異世界人は、やはり強力な戦力だからだ。どうやったら、自発的に動いてくれるようになるのか。

母さんは考えた。

自分のように死んだ人、もしくは死にそうな人ならば、召喚してもこちらに恩を感じ、協力してくれると考えた。そこで、死人や死にそうな人の召喚をできないか研究して――成功した。

それだけでなく、人をそのまま転移させるのも、魂だけを転移させ転生とするのも、さらには対象を選ぶことまでできるようになった。

この研究の間も戦争は続いている。母さんが召喚した日本人の力で、人族は絶滅の危機を脱した。

そして長い、長い年月が経つ。

母さんは自身の紋章の力で、不老不死《ふろうふし》を手に入れ、年齢や姿を自由に変えられるようになっていた。さらに、自らをラステルと名乗り、姿を日本にいたときのものに変え、人族からは女神として崇《あが》められていた。

戦争は人族の圧勝状態になっていた。出生率の違いから、亜人より人族のほうが兵の補充《ほじゅう》が早い。しかも異世界人の『勇者』の戦力は圧倒的だった。一度盛り返せば戦況が覆《くつがえ》ることはない。

既に亜人と人族の分布図は逆転していた。今は亜人が絶滅の危機に瀕《ひん》している。

戦争も終結《しゅうけつ》に近づいた頃、知性ある魔物の頂点、龍族が動き出した。母さんたち人族は、龍族は何百年かに一度襲ってくることもあったが、基本的には戦いに干渉《かんしょう》しないスタンスだと思っていた。だが、亜人に味方する形で戦争に関与してきた。

龍族の力は強大だった。瞬《また》く間に戦況をひっくり返される。

しかし、母さんは今や龍にさえ一人で対抗できるほどの力を持っていた。

龍や亜人から紋章を奪い取り、異世界人を召喚して力を与え、戦い続ける。

やがて、龍族の陣営にも異世界人が現れた。だが、母さんが召喚した異世界人ではない。

龍族の王――龍王が母さんの力を模倣《もほう》して、勇者を召喚したようだった。

戦いはより熾烈《しれつ》を極める。

そして、母さんの思惑《おもわく》が外れる出来事が起きる。

勇者同士の和解だ。

勇者同士は手を取り合い、戦争の終結を望んだ。

だが、それはもう母さんには手遅れだった。

悠久《ゆうきゅう》の年月を戦ってきた母さんは、憎しみに染まりきっていた。

家族を殺され、愛する人を失い、この世界で産んだ自らの子の命さえ奪われた。それが何度も繰り返されてきた。

既に母さんは憎しみの怪物となっていた。

やがて龍王と人族の勇者、亜人側の勇者が結託《けったく》し、母さんを殺しにやって来た。母さんは十の紋章の力をフルに使い、必死に抵抗した。

だが、龍王の捨て身の封印魔法により、母さんはこの迷宮——不老不死の力を持つ母さんを封印するために作られた牢獄《ろうごく》に、閉じ込められてしまった。

意識はある。しかし肉体を魔水晶に変えられてしまい、思うように魔法を行使することができない。

そんな状態で、一人きりで長い年月を過ごせば、人間ならば正気《しょうき》を失うだろう。

母さんがそうなることはなかったが、次第に憎しみは薄れていった。そして代わりに生まれた感情は、後悔や寂《さび》しさだった。

あるとき、母さんは、自分の水晶化した体内にはまだ紋章が残っていることに気づく。

その紋章を使って何かできないかと。

深く考えていたわけではないそうだ。だが、母さんが紋章の一つを使って行《おこな》ったことは、かつて母さんがこの世界で産んだ息子の魂を、霊体の魔物として召喚することだった。

息子の名前はランスロット。九十九階層にいたあの中年の男だ。

母さんとランスロットは話をした。それはもう長い年月を会話することで過ごした。

昔の思い出話、人族のこと、亜人のこと、戦争のこと。

ランスロットは紋章を使い、龍王の末裔《まつえい》と和解をし、ここから出ることを勧めた。だが母さんにはもうその気はなかった。

もう、疲れたのだ。

女神でいることにも、人族として生きるのにも。

今は自身の消滅《しょうめつ》だけが唯一の願いになっていた。

そして今、思い出すのは、日本での産んだ息子のことばかり。望郷《ぼうきょう》の念だけが母さんの正気を繋いでいた。

ふと、母さんは今更ながらに気づいた。

（まさか、義人の失踪《しっそう》は異世界への転移だったの？）

母さんは紋章の力を使い、日本を覗《のぞ》き見る。

（いる……義人は日本にいる……、なんで？）

時系列がおかしいとは思ったが、自分は俺が失踪《しっそう》する前の時代に転生していたことに気づく。

（誰？　誰が義人を異世界に？）

いくら覗《のぞ》こうとも俺は転移しない。

（まさか……まさか、私が？）

気づいてしまってからは、まるでそれが運命かのように、パズルのピースがカチリとはまったかのように、しっくりきた。

（そうか……。私は私の目的のために、自分の息子までを……。これが、これが運命なの……）

止められなかった。動き出した歯車のように、もう自分の気持ちを止めることはできなかった。

母さんは紋章を三つ使い、俺を召喚した。

自分をここから解放してもらうために。

自分をこの世界から解放してもらうために。

◇

「それを龍神王に邪魔されて、俺に与えるはずの紋章を取られたと。でもコレ《不滅の龍の紋章》はどこから？」

「それはお母さんにもわからないの。お母さんが義人を呼んだときにはなかったわ」

母さんの話は、大方が聖龍教で聞いた話と同じだった。

それをもっと詳しく、感情を踏まえながら聞いたって形だ。

正直、母さんの話は、聞く人が聞けば許せる話じゃない。

母さんは復讐を誓《ちか》ったが、母さんに殺された人たちは母さんへの復讐を誓う。

いつまでも終わりのない話だ。

「とりあえず、ここにいても仕方ない。上に出てから話そう」

「そうね、お兄ちゃん。宿に戻って話し合いましょ」

「ヨシト様、よろしいのですか？」

メイが俺を問いただす。

「ん？　ああ、まあ言いたいことはわかる。だけど俺は母さんを解放する」

「ヨシト……いや、私もお義母さんを信じるけど、平気なの？」

「あっ、メリッサ、ずるいよ」

俺の返答は決まっている。

「俺はな、アリサが流星雨をぶっ放したとき、巻き添えになる人がいたんじゃないかと思った。むしろいて当然と思ってたよ。まあ、実際には人間はいなかったらしいけど。でもな、アリサが完全に悪だとしても、俺はアリサが処刑されそうになれば、世界を敵に回してもアリサを助ける。それはアリサだけじゃない。メリッサ、モーラ、メイでも同じだ。それと同じく、母さんが過去にどんな極悪人だったとしても、やってはいけないことをしてしまったとしても、俺をこの世界に連れてきた張本人だったとしても、俺は母さんを助ける。そういうもんだ。もちろんこれからは、憎しみを忘れてもらえると助かるけどね」

俺はみんなの顔を見たあと、最後に母さんを見る。

すると、母さんは昔のように優しい微笑《ほほえ》みを俺に向けた。

「なんか義人はわがままになっちゃったみたいね」

「あー、そうだな、わがままかもな。もちろん、母さんは亜人から見たら悪魔だとか、人族から見たら人族を救った救世主だとか、日本人から見たら拉致《らち》をした極悪人だとか色々あるけど、物の見方は見る方向が変われば違ってくる。だからそれはもう考えない。俺は俺の方向から物を見る。それは、母さんは俺の『母さん』ということだけだ」

「義人……大きくなったのね。でもね」

母さんは真剣な顔で俺を見る。

「お母さんは責任を取らなくてはならないの」

「……」

「お母さんも生きるために必死だった。もちろん、そんな言い訳で許されるようなことではないのはわかってるわ。だから、義人。お母さんを殺して」

母さんは懇願《こんがん》するような表情で、俺に告げる。

「母さん、だから今、俺が――」

「ごめんなさい、お母さんが言い方を間違えたわ。お母さんはもう死にたいの。多分、肉体だった水晶を砕《くだ》けば、この世界で輪廻《りんね》転生することになるでしょう。でも、お母さんはそれを望まないの」

「なんで」

「お母さんは怖いの、また憎しみに囚《とら》われてしまうのが」

「いや、俺が――」

母さんはゆっくり首を横に振る。

「もし仮に、義人やありさちゃんが誰かに狙われたら、誰かに殺されたら、お母さんは我慢できないわ。ふふっ、義人、お母さんね、意外と怖い女なのよ？」

「……」

母さんは日本にいたころには見たことがないような表情をする。

こんなヤンデレみたいな雰囲気《ふんいき》を見せたことはなかった。

母さんは、両手を自分の元の体に向けて、なにやら力を入れはじめる。

「今から、お母さんの最後の力を義人たちに渡すわ」

すると、魔水晶化した母さんの肉体から、龍を象《かたど》った紋章が七つ現れる。そして、母さんの肉体の真上にその七つが円を描くように空中に浮かんだ。

紋章はそれぞれが大きな光を放ち、だんだんと何かを形作っていく。

武器だ。

七つはそれぞれ武具になっていく。

七つの武具は完全に具現化《ぐげんか》されると、ゆっくりと地面に落ちた。

母さんは、やりきった顔をした。

「もう一度謝るわ、義人、お母さんを殺してもらうために呼んでごめんなさい。なぜだかはわからないけど、義人ならお母さんを助けて《殺して》くれる、義人じゃないと無理だと感じるの。だからお願い、義人、お母さんを……殺して」

意味がわからない。息子に自分を殺せと、母親が言う。

できるわけがない。女神を殴《なぐ》ってやるつもりで来た。最悪女神を殺す気だった。だけど母親とは聞いてない。

『親殺し』。地球でも最も忌避《きひ》されるものの一つだ。それを、わざわざ異世界くんだりに来てまでやらされる。むしろそれのために俺を呼んだと言う。

冷静に考えられるわけがない。

だが、誰かが俺の肩を掴んできた。

アリサだ。俺んちの隣の家に住み、母さんの実の娘のように、俺と一緒に育ってきたアリサだ。

「お兄ちゃん、おばさまを殺してあげて」

「お前、何言ってるのか理解してるか？」

「理解してないのはお兄ちゃんよ」

「何がだよ」

「おばさまの話、ちゃんと聞いてた？　お兄ちゃんに想像できる？　人の何十倍も生きて、何十倍も人の死を見てきて、たくさんの人を殺してきた気持ち。メリッサから聞いたけど、お兄ちゃんも冒険者を殺してヤバかったときがあったらしいじゃない」

俺がこの世界で初めて殺したような三人――シェイズたちの顔が浮かんだ。

あのときはアリサの言う通りヤバかった。メリッサがいなかったら、メリッサが俺を助けてくれなかったら、俺はこうして生きていられなかったかもしれない。

「おばさまもそれを、何度も何度も味わってるのよ。もちろんそれだけじゃないわ。お兄ちゃん、お兄ちゃんの目の前で四姫桜が殺されたらどう思う？　それを乗り越え立ち直って、また愛する人ができると殺される。それを何度繰り返されても、お兄ちゃんは正気でいられるかしら？」

無理だ。一度だって無理だ。

「おばさまはどんなことになっても、人族のために折れるわけにはいかなかった。何度もそれを味わった。私にはわかるわ。もうおばさまは疲れたのよ。休みたいの。……お兄ちゃん、おばさまをもう休ませてあげて」

今度はメイだ。

「よく、エルフと人族は感性が違うと言います。私は思うのです。それは寿命のせいだと。人族は命が短いです、でも、全てが色鮮《いろあざ》やかに見えると聞きます。いえ、逆ですか。長命の者は色が、感動が、感情さえも薄くなっていくのです。……言葉にするのは難しいですね。一言で言いますと、数千年生きた者には、生は必ずしも救いではないということです」

「……」

次はモーラだ。

「あたしには難しいことはわからないよ。でもね、お義母さんはもう女としてやりきったってことじゃないかな。潮時《しおどき》ってことだよ。あたしもそんな最期《さいご》を迎えてみたい」

メリッサがキッとモーラを睨《にら》む。

「お義母さん、ヨシトは私が守ります。安心して眠ってください」

俺は考える。

生きてるってことが一番大事だと思う。だけど、それは俺の価値観だ。まだ二十二年しか生を知らない俺の価値観だ。母さんは、もう数千年生きたと言う。それを体験したことがない俺には、理解できないのかもしれない。でも、俺に母さんを殺せと？　あまりにも、あまりにもハードルが高すぎないか？

「つうかよ、俺にそんな力はない。この水晶を砕《くだ》くことはできそうだけど、母さんを殺すってどうやるんだよ」

「義人、あなたにしかできないの。そうでしょ？　リモアさん」

すると、銀色の魔導書《リモア》が肯定を表すかのように点滅する。

俺は魔導書《リモア》を見た。何か感情のようなものが、魔導書から流れ込んでくる。

「そうか、そういうことか……」

俺は左手で魔導書を持ち、目を瞑《つぶ》る。

『願ってマスター。女神を消滅させたいと』

「リモア……」

「お兄ちゃん」

「ヨシト」

「ヨシト様」

「ヨシト」

みんなが俺を見つめてくる。

「義人、ごめんなさい。ごめんなさいね……。ありさちゃん、幸せになるのよ」

「私、お兄ちゃんの子供を産むわ。おばさまは地球でまた生まれ変わってね」

「ありさちゃんもごめんなさい」

「私は大丈夫。お兄ちゃんは私に任せて」

母さんはモーラたちを見る。

「みなさんも、こんなところまで来てもらってごめんなさい。義人をお願いしますね」

「私が守ります、お義母さん」

「お義母様、お疲れ様でございました」

「あたしもヨシトの子を産むよ」

(母さん……やるしかないのか?)

「義人、お願い。辛《つら》いことをさせてごめんなさい。でも、これほどの力を持ったお母さんがこの世界の輪廻《りんね》に戻れば、また争いが起きるの。わかって」

「……」

「お兄ちゃん、おばさまを永遠にここに閉じ込めておくつもり？　それが一番最悪なのよ⁉」

「わかってる、わかってるよ！！　くそが！」

俺の頬《ほお》に自然と涙が流れる。

「ありがとう義人。……義人、正妻《せいさい》はきちんと決めなさい、ありさちゃんではダメよ？この子は側女《そばめ》にして。でも愛を片寄らせてはダメ。気持ちだけ平等でもダメよ。女はベッドの回数で愛情を計《はか》るわ。だから――」

「親に下の話されるとか最悪だ！！」

俺は魔導書《リモア》に手を置いたまま、母さんの消滅を願う。

不滅の龍の紋章《エターナルマザーエムブレム》が輝き、俺の魔力が魔導書に流れ込む感覚がする。

魔導書《リモア》が発光すると、母さんの頭上に真っ黒なソフトボール大のブラックホールみたいなものが現れ、母さんは霧《きり》のようにそれに吸い込まれていく。

「ありがとう義人、精一杯生きなさい」

「おばさま！　――」

「――」

「お義母さん――」」

「――」

「お義母様――」

四姫桜の女たちが、母さんと最後の会話をしながら見送る。

俺は涙を流し、黙って見送るのが精一杯だった。

エピローグ

～サカザキ暦三百六十九年～

「探せ！　最後の寵姫《ラストラバー》がまだいるはずだ！　討ちもらすな！」

「やつはまだ現役だ！　強大な氷の魔法を使うぞ！」

「王城の包囲を怠《おこた》るなよ！」

背もたれの深い、大きな椅子に座り、物憂《ものう》げな目を外に向けるエルフが一人。

「ヨシト様、ヨシト様がお亡くなりになって三百年……。私の力が足りないばかりに、申し訳ありません……」

私――メイは、炎上するサカザキ王国の城下町を見つめています。

「残ったのは、リモアとヨシト様の日記だけ、それとこの子ですか……」

思い起こせば、色んなことがありました。

迷宮を踏破したあと、龍神王と一戦を交え、死の砂漠と化したこの土地を復興《ふっこう》して、ヨシト様の王国を作りましたね。

王位に就《つ》くと同時に、ヨシト様は私たち四人と、ケーンズ王国の姫を妻にしてくれました。

「あのとき、ヨシト様が言っていたように、とうとうこの国にも終わりが来ることになりました」

……はじめにアリサが逝《い》きましたね。アリサは三人の子を授かりました。

長女のアーデル様は、エルダスト帝国に嫁《とつ》ぎ、ヨシト様の血をエルダストにも繋ぎました。

長男がヨシト様の跡《あと》をお継ぎになり、次女はフリーダム合衆国へ。

今ではアリサは《魔法の祖》として、神のごとく崇《あが》められるようになりました。

あとを追うように、ヨシト様はお逝《い》きになりましたね。

お会いになりましたか？　モーラはヨシト様と一緒に棺《ひつぎ》に入りましたよ？

誰がどんなに止めても、モーラは聞きませんでした。私も必死に止めたのですが、モーラのあの目を見てしまったら、何も言えなくなってしまいました。申し訳ありません。

天国でもきっと一緒になりましたよね。それとも、もう輪廻《りんね》し、ともに時を過ごしましたか？

そのあとはケーンズ王国の姫であるシスティーナでしたね。

システィーナ姫も四人の子を授かり、晩年はヨシト様のお墓の前で、ずっと日向《ひなた》ぼっこをしてましたよ。

メリッサはヨシト様がお亡くなりになると、自分の娘を連れて、故郷バセール連邦へと帰ってしまいました。

メリッサには、このサカザキ王国に残って欲しかったのですが、やはり四姫桜はヨシト様あってのものでしたね。

昔、アリサが四姫桜とパーティー名を付けたときに言ってましたね。四季桜は五枚の花びらだと。

やはり、花びらが欠けてしまってはダメということでしょうか。

いいえ、私の力が足りなかったのです。ヨシト様に後のことを頼まれたにもかかわらず、申し訳ありません……

そのメリッサも、ヨシト様の後、百年後に逝《い》ったと聞いています。穏やかな死に顔だったそうですよ。

ヨシト様から授かった私の娘も、とうとう私より先に逝《い》ってしまいました。やはりハーフだからでしょうか。寿命はハイエルフよりも早かったです。

「とうとう私一人になってしまいました……」

室内には、城下町から聞こえる大軍の喧騒《けんそう》と、キイキイと椅子を揺らす音が響き渡ります。

「ヨシト様……。なぜ私に後を託したのですか？　私はヨシト様から与えられた役目も果たせなかった……。私も……モーラと一緒にヨシト様と逝《い》きたかった……」

「おばあちゃん」

孫《まご》のヨシヒコが来ました。

ヨシヒコはヨシト様と私の娘、メリージュの子供、人族とメリージュの間に生まれた孫です。

ヨシヒコももう、百歳ですか……

四分の一ほどエルフの血が入ってるとはいえ、この子の寿命も二百前後のはず。

反乱軍を率《ひき》いるのがエルダスト帝国に嫁《とつ》いだヨシト様の子孫とはいえ、この子をここで死なせるわけにはいきません。

「ヨシヒコ、この国を出なさい」

「おばあちゃん、なんで僕はお家を追い出されるの？」

「それも、王家に生まれた定めです。でもヨシヒコ、人の生とは、何も王家でなくても十分幸せになれます。これからは自分の力で生きるのです」

「……おばあちゃんも一緒だよね？」

私はリモアを次元の魔導書《リモア》をヨシヒコに渡します。

「ヨシヒコ、よく聞きなさい。貴方《あなた》には魔法の才能があります。これは貴方のお爺《じい》さんの形見《かたみ》です。きっと貴方の力になってくれるでしょう。これを持って旅に出なさい」

「……おばあちゃん……、おばあちゃんはどうするの？」

「私はここで反乱軍を待ちます。私を討たないことには、この戦争は終われません」

「いやだよ！　おばあちゃんも一緒に逃げよ⁉」

あらあら、百歳にもなって簡単に泣くんじゃありませんよ。

「もう、この国へ戻ることは許しません。そして、身分を明かすこともなりません。ヨシヒコ、貴方のお爺《じい》さんは、裸一貫《はだかいっかん》で帝王まで上《のぼ》りつめました。貴方は帝王の血筋を引くのです。それを名乗ることはなくとも、その力と意志は貴方に宿っているのです。貴方自身の力で人生を切り拓《ひら》きなさい」

「おばあちゃん……」

うふふふ、子供で甘えん坊だったシスティーナ姫を思い出しますね……

「行きなさい。世界を見て回るのです。自分の人生を探しなさい」

「おばあちゃん、僕……」

「行きなさい！　リューク！」

「はっ！」

身体能力が高い軽装の戦士が、どこからともなく現れました。

「ヨシヒコをフェル王国へ。無事送り届けたらお前の任務も終わりです。……今までありがとう」

「……皇后様《こうごう》、ありがとうございました。このリューク＝デッセンブルグ、必ずや最後の任務を全ういたします」

「お願いね」

「嫌だよ！　おばあちゃん！　おばあちゃんも一緒に!!」

「リューク」

「はっ！」

「おばあちゃん！　メイおばあちゃゃぁぁぁぁぁん！！！」

　私は藤でできた椅子に、全身を預けるようにもたれかかります。

「これで憂《うれ》いはなくなりました。ヨシト様……私はもう、疲れました………。ヨシト様……願わくは、どうかまたおそばへ……………ヨシト様……」

「――――なんて簡単には終わりませんわ！　最後の寵姫《ラストラバー》、龍の聖女、極寒《ごっかん》の氷姫、ヤンデレ、冷徹《れいてつ》の魔女と言われたこの私が、黙って討たれるとでも？　……うふふふ、うふふふふふ……ヨシト様の土地を踏み荒らす馬鹿どもに、少しお灸《きゅう》を据《す》えてやりましょう!!」

「お前、変わんねえな……仕方ねえ、付き合ってやるか」

「っ！！　ヨ、ヨシト様⁉　どうして突然⁉　しかもお若い姿で‼」

「まあ、細かいことはいいじゃないか。さあ行くぞ、メイ！」

完

あとがき

この度は、文庫版『鑑定や亜空間倉庫がチートと言われてるけど、それだけで異世界は生きていけるのか3』をお手に取っていただき、誠にありがとうございます。

作者のはがきです。早くも第三巻の刊行となりました。これもWeb版から応援していただいた方々をはじめ、本書を買ってくださった読者様のおかげです。

本来は、もう少し続く予定でしたが、本巻にてエンドマークをつける運びとなりました。ちょっと不自然な終わり方になってしまい、申し訳ありません……。

すでにWeb版をお読みの方はご存知の通り、本作は元々、もっとギリギリを攻めるようなな作品でした（笑）。

そのため、Web版そのままの状態では出版することが難しく、色々な面をかなりマイルドにして書籍化したという経緯《けいい》があります。

これについて、Web版の読者様は残念に思うところもあったでしょう。けれども、作者的には本書の新たな一面を作り出せたのではないかと自負しています。

読者様としては如何《いかが》だったでしょうか。物足りなかった部分やご不満も残ったかもしれません。それでも最終巻までお読みいただき、とても嬉しく思っています。

次は、読者の方々が求めるような面白い作品を模索《もさく》しつつも、「この内容のまま出版するなんて正気か？」みたいな指摘を受けないように、この経験を今後に活《い》かしていきたいと思います（笑）。

今作は作者の処女作《しょじょさく》でした。何をするのも手探《てさぐ》りで、原稿を書き直す機会も多く、書籍化に向けての校正時に見つける矛盾も少なくありませんでした。

お世話になった関係者の皆様には、この場でお礼とお詫びを申し上げます。

最後になりますが、『鑑定や亜空間倉庫がチートと言われてるけど、それだけで異世界は生きていけるのか3』を手に取っていただいた読者の皆様に、再度心から感謝いたします。本当に、ありがとうございました。

それでは、また皆様にどこかでお会いできれば幸いです。

二〇二一年五月　はがき

大好評発売中！
累計600万部（電子含む）突破！
ゲート SEASON1
大好評発売中！
コミックス
最新18巻
大好評発売中！
単行本
文庫
●本編1～5／外伝1～4／外伝+
●各定価：1870円（10%税込）
●本編1～5〈各上・下〉／
外伝1～4〈各上・下〉／外伝+〈上・下〉
●各定価：660円（10%税込）
漫画：竿尾悟
●1～18（以下、続刊）
●各定価：770円（10%税込）
スピンオフコミックスもチェック!!
ゲート featuring The Starry Heavens
原作：柳内たくみ
漫画：阿倍野ちゃこ
1～2
ゲート 帝国の薔薇騎士団 ピニャ・コ・ラーダ14歳
原作：柳内たくみ
漫画：志連ユキ枝
1～2
めい☆コン
原案：柳内たくみ
漫画：智
●各定価：748円（10%税込）

大ヒット
異世界×自衛隊ファンタジー
ゲート
自衛隊 彼の海にて、斯く戦えり
GATE SEASON 2
1〜5
柳内たくみ著
Yanai Takumi
1〜5巻
好評発売中！
文庫1〜2巻
（各上・下）
大好評発売中！
『ゲート』シリーズ累計
ついに500万部突破！
海自編、待望の文庫化！
●各定価：660円（10%税込）
●Illustration：黒獅子
ゲート SEASON 2
1.抜錨編
GATE
自衛隊 彼の海にて、斯く戦えり
柳内たくみ著
舞台は異世界の海！ゲート海自編、ついに開幕！
海上自衛隊VS
異世界海賊＆海軍！
累計420万部！ 超スケールの自衛隊×異世界ファンタジー！
●各定価：1870円（10%税込）
●Illustration：Daisuke Izuka

アルファライト文庫

この作品に対する皆様のご意見・ご感想をお待ちしております。

おハガキ・お手紙は以下の宛先にお送りください。

【宛先】

〒150-6008 東京都渋谷区恵比寿 4-20-3 恵比寿ｶﾞｰﾃﾞﾝﾌﾟﾚｲｽﾀﾜｰ 8F
（株）アルファポリス　書籍感想係

メールフォームでのご意見・ご感想は右のＱＲコードから、
あるいは以下のワードで検索をかけてください。

アルファポリス　書籍の感想　検索

ご感想はこちらから

本書は、2020 年 4 月当社より単行本として
刊行されたものを文庫化したものです。

鑑定《かんてい》や亜空間倉庫《あくうかんそうこ》がチートと言《い》われてるけど、それだけで異世界《いせかい》は生《い》きていけるのか３

はがき

2021年 5月 31日初版発行

文庫編集－中野大樹／宮田可南子
編集長－太田鉄平
発行者－梶本雄介
発行所－株式会社アルファポリス
〒150-6008東京都渋谷区恵比寿4-20-3恵比寿ガーデンプレイスタワー8F
TEL 03-6277-1601（営業） 03-6277-1602（編集）
URL https://www.alphapolis.co.jp/
発売元－株式会社星雲社（共同出版社・流通責任出版社）
〒112-0005東京都文京区水道1-3-30
TEL 03-3868-3275
装丁・本文イラスト－TYONE
文庫デザイン—AFTERGLOW
（レーベルフォーマットデザイン－ansyyqdesign）
印刷－中央精版印刷株式会社

価格はカバーに表示されてあります。

落丁乱丁の場合はアルファポリスまでご連絡ください。

送料は小社負担でお取り替えします。


ISBN978-4-434-28861-6 C0193